KB131296

죽어도
아이돌

죽어도 아이돌

지은이 이지은
펴낸이 임상진
펴낸곳 (주)넥서스

초판 1쇄 인쇄 2023년 3월 2일
초판 1쇄 발행 2023년 3월 6일

출판신고 1992년 4월 3일 제311-2002-2호
주소 10880 경기도 파주시 지목로 5
전화 (02)330-5500 팩스 (02)330-5555

ISBN 979-11-6683-494-3 43810

www.nexusbook.com

죽어도 아이돌

이지은 장편소설

넥서스Friends

차례

프롤로그

오늘도 밤 열두 시가 되자마자 싸움이 시작됐다.

"아니, 그 동작이 아니라고!"

"천천히 알려 줘야 알지!"

"어떻게 이것보다 더 천천히 알려 주냐? 저승사자도 너보단 잘 추겠다."

"귀신 씻나락 까먹는 소리 좀 하지 마."

"씻나락이 뭔데?"

내가 우리 학교 속담 대회 우승자인데, 저런 걸 공부한 적은 없다. '아닌 밤중에 홍두깨'면 홍두깨지 홍두깨가 뭐에 쓰는 물건인지 따윈 시험에 나오지 않으니까. 속담을 열심히 외운 것도 문화상품권을 받아 썬더 세븐 굿즈를 사기 위해서였지, 지식과 교양을 쌓기 위한 게 아니었다.

“뭔데? 응? 나 그런 한국말은 배운 적이 없는데.”

귀신치고 제법 학구열이 높구나. 속담에서 먹는 건 죄다 떡이나 쌀이나 숭늉이니까 그중에서 소리 내어 까먹을 수 있는 거겠지.

“…뭐, 곡식 중에 하나겠지.”

아님 말고.

“귀신이 곡식을 왜 먹어? 곡식 먹는 소리가 대체 어떤 건데?”

“….”

나도 모르겠다. 왜일까. 귀신은 왜 씻나락이란 걸 굳이 까서 먹는 걸까. 하고 많은 음식 중에 왜. 귀신 정도 되면 먹고 싶은 거 마음대로 먹을 수 있는 거 아닌가. 잠깐! 지금 이게 중요한 게 아니지.

“넌 그런 것도 모르냐?”

“내가 어떻게 다 알아?”

“너 귀신이잖아! 귀신같이 안다는 말도 몰라? 다른 귀신들은 그런 거 안 가르쳐 줘도 다 알걸?”

녀석이 조용해졌다. 어깨가 축 처졌다.

나는 입맛을 쩝, 다셨다. 녀석이 저럴 때마다 할 말이 없다. 이런 게 팩트 폭력의 문제점이다. 분위기가 싸해진다는 거. 함께 현란하게 지지고 볶던 대등한 싸움이 갑자기 균형을 잃는다는 거. 미안해하기는 싫다. 사실은 사실이니까.

"맞아, 나 귀신이지."

저 귀신, 갑자기 시무룩해진다. 방 안의 온도가 쉬익 쉬익 내려가는 소리가 들리는 것만 같다.

똑똑똑!

아빠가 문 두드리는 소리. 나는 얼른 이불을 덮어쓰고 누웠다.

"여린아, 박여린! 또 잠꼬대하니? 밤중에 무슨 말을 그렇게 많이 해?"

나의 발연기가 또 필요하겠군.

"우레우레우레~ 썬더 세븐! 천둥이 쳐도 나는 네게 달려가지. 우레우레우레~."

"아이고, 썬더 세븐인지 나인인지 하는 애들 노래를 그렇게 듣더니만 꿈에서도 부르는 거냐."

아빠가 문 밖에서 혀를 끌끌 차는 소리가 들렸다. 나는 계속 노래를 흥얼거리면서 잠꼬대인 척했다. 근데 이

등짝은 또 뭐야!

"넌 왜 여기 숨어?"

남들 눈에는 보이지도 않는 게. 이불 속으로 얼떨결에 숨은 귀신의 등을 퍽 차 버렸다. 하지만 내 오른발은 귀신의 몸을 통과해 이불을 훌떡 뒤집고 허공에서 멈추었다.

아차!

문이 벌컥 열렸다.

"정말 별일 없…."

나는 이불 밖으로 쭉 뻗은 오른쪽 발로 스텝을 밟으며 춤추는 시늉을 했다. 최대한 자연스럽게.

"우레우레우레~ 썬더 세븐!"

오빠들 안무라면 자다가도 출 수 있다. 특히 레인 오빠 파트는 눈 감고도 할 수 있다. 물론 박자와 몸짓은 따로 놀지만. 나에게 이런 시련과 고난을 준 너, 진자룡. 용서하지 않겠다.

"요새 스트레스가 심한 거 같은데, 우리 딸. 신경 좀 써 줘야겠네. 다시 상담을 받아야 하나?"

아빠는 내 다리를 이불 안에 넣고 날 바르게 눕혀 주었다. 아기한테 하듯 배를 토닥토닥 두드려 주다가 이내 하품을 하며 나갔다. 천장 모퉁이에 붕 떠 있던 귀신은

문이 닫히자마자 바닥으로 내려와 내 춤을 따라했다.

"야, 넌 그걸 춤이라고 췄냐? 와, 내 눈 어떡할 거야. 내 눈, 내 눈!"

얄밉게 놀리며 흐느적흐느적 계속 나를 흉내 냈다.

"막 이렇게, 이렇게 추더라? 박자 감각이라고는 없는 심각한 몸치구나?"

귀신이 뼈마디를 삐그덕거리며 내 동작을 따라했다. 박자감, 운동 신경, 방향 감각 제로인 나의 분신을 보는 것 같았다. 어디 가면 안 본 눈을 살 수 있는지 지식인에 물어봐야겠다.

"그건 원래 이렇게 추는 거야."

귀신은 콧방귀를 뀌더니 잠시 몸을 풀었다. 길쭉길쭉한 팔다리로 스트레칭을 끝내자마자, 썬더 세븐의 안무를 한 동작도 틀리지 않고 그대로 추었다. 순간 오빠들이 눈앞에 나타난 줄 알았을 만큼.

… 춤은 잘 추네!

나는 녀석을 향해 베개를 던졌다.

내 눈에 이 귀신이 보이기 시작한 건, 봉투를 주운 그날 밤부터였다.

그날, 내가 주운 것은

머릿속에 대게가 떠오른다. 산 채로 찜통 안에 들어갈 때 버둥거리면서 나를 노려보던 두 눈. 왜 그런 눈으로 날 봤는지 이제 알겠다. 숨도 못 쉬게 더웠을 것이다. 지금의 나처럼.

"그냥 축하 화환만 보내면 안 돼요?"

저절로 짜증이 난다. 8월의 서울은, 진짜, 몹시, 너무, 엄청나게 덥다. 푹푹 찐다. 사람들이 이런 날씨에 어떻게 밥도 짓고 숨도 쉬고 운동도 하고 그러는지 정말 이해가 안 간다.

"그래도 개업식은 보고 가야지. 우리 본사에서 계약한 백 번째 가맹점이라서 영업팀에서 신경 많이 쓰거든."

아빠가 땀을 닦으며 말했다.

차가 들어올 수 없는 골목이라 아빠와 나는 한참 전부터 언덕을 오르는 중이다.

"이렇게 좁은 골목길에 외국인들이 그렇게 많이 온단 말이지."

아빠와 함께 온 골목길은 요즘 꽤 핫한 곳이다. 인테리어가 예쁜 가게가 많아서 연예인이나 유명 크리에이터 들이 종종 들른다. 특히 썬더 세븐이 앨범 커버 사진을 이곳에서 찍은 뒤 해외 팬들이 몰려들고 있다.

"백 번째 밀크티 가게는 어디 있어요? 빨리 가서 시원한 거 마시고 싶은데."

"여기 어디쯤이랬는데. 파란색 카페 지나서…."

아빠는 옴뇸뇸 밀크티 회사에서 일한다. 근래 밀크티가 엄청 잘 팔려서 전국에 매장이 많이 늘었고, 덕분에 매일 야근을 한다. 주말마다 나를 혼자 집에 두는 게 마음 쓰여서 이런 행사에라도 끌고 오는 것이다. 그런 뒤 사진을 수십 장쯤 찍는다.

"어, 박 과장! 우리 여기 파란색 지붕 카페 앞인데, 오늘 오픈하는 데가 어디라고?"

아빠가 통화하는 동안 나는 썬더 세븐 오빠들이 앨범 사진을 찍은 담벼락을 찾아 잠시 두리번거렸다. 그러다

길을 찾느라 나에게 소홀해진 아빠랑 점점 멀어져 버렸다. 아빠는 한 번에 두 가지 일을 할 수 없기 때문에, 통화를 하면서 나를 챙기는 건 불가능하다.

"그놈의 사진! 그놈의 SNS!"

#내_소중한_딸_여린이와_함께한_골목_여행 #옴뇸뇸_밀크티 #딸바보_돌싱남

오늘도 이런 해시태그와 함께 허락도 없이 올라갈 내 사진들을 생각하니 눈물이 앞을 가린다. 열다섯 살 먹은 사춘기 딸을 데리고 가는 자상한 아빠, 일과 양육을 다 책임지는 멋진 이혼남.

목이 말랐다. 밀크티 가게를 금방 찾을 수 있을 줄 알고 아무것도 마시지 않고 언덕을 오른 탓이다. 휴대폰 케이스 안에 아빠가 용돈을 넣어 주는 체크카드가 잘 있는지 확인하고 일단 뭐라도 마시기 위해 골목 사이로 들어갔다. 하지만 일요일이라 그런지 문 닫은 곳이 많았다. 목이 점점 나무토막처럼 마르고 정수리가 불에 타는 듯이 뜨거웠다.

"으아, 아작아작 얼음 씹고 싶다."

나는 홀린 듯이 걸었다.

그러다 정신을 차려 보니 미로 같은 골목길 안에 와 있었다. 알록달록하고 세련된 아까의 분위기와는 완전히 달랐다. 골목마다 다른 골목이 계속 이어졌다. 나는 다른 골목으로 또 다른 골목으로, 샛길에서 샛길로 뛰다 걷다 멈추었다. 어디로 가야 아빠와 걷던 길이 나오는지 알 수 없었다. 아빠한테 전화를 걸었지만 계속 통화 중이었다.

"여긴 어디지?"

뒤를 돌아보아도 똑같이 생긴 골목뿐이었다. 낮은 담장 너머로 굳게 문을 닫은 집들과 한옥 몇 채만 눈에 띄었다.

– 나, 너한테 물어볼 거 있다.

무경이에게 톡이 왔다. 중학교 와서 사귄 친구들인 이솜이, 다인이보다 더 오래전부터 친구인 녀석이다.

– 이따가. 나 지금 정신없어. 더워 먹을 거 같아.

– 진짜 중요한 건데.

– 나중에, 나중에.

– 그럼 저녁에 다시 연락할게. (시무룩)

지난주에 휴가 가느라 학원에 못 와서 진도와 숙제를 물어볼 게 뻔했다. 무경이는 한 번도 숙제를 빠뜨린 적이 없다. 살다 살다 이렇게 성실한 애는 처음 봤다.

그때, 한 무리의 사람들이 우르르 지나갔다. 노란 조끼를 입은 외국 관광객이었다. 그들은 여기저기서 자유롭게 사진을 찍으며 언덕을 올라가는 중이었다. 골목이 잠깐 소란스러워졌다. 무리가 다 지나가고 고요해진 찰나, 등 뒤에서 바스락 소리가 났다. 돌아보니 길바닥에 버려진 뭔가가 눈에 띄었다.

새빨갛고 작고 네모난 봉투였다. 별로 안 친한 애한테 보내는 아주 작은 크리스마스카드 봉투 같은. 누가 방금 흘리고 간 듯 먼지 하나 없이 깨끗했다. 텅 빈 골목, 흙먼지 가득한 바닥에 전혀 어울리지 않는 물건이었다.

나는 그걸 주워 들었다. 아주 가벼운데도 이상할 만큼 무겁게 느껴졌다. 안에 뭔가 꾸깃거리는 게 들었는지 봉투 중간이 약간 도톰했다.

봉투를 열려고 하는 순간, "안 돼!" 하는 남자애의 목소리가 들렸다. 주변을 두리번거렸지만 아무도 없었다.

"더워 먹었나 봐."

나는 에라 모르겠다 하고 봉투를 열었다.

"뭐지?"

그 안에는 처음 보는 외국 돈 몇 장과 숫자가 적힌 종이가 들어 있었다.

'200*年 4月 24日 3時'

"200*년? 내가 태어난 해네. 이런 게 왜 여기 있지?"

그 순간 낯빛이 새하얀 아주머니가 퀭한 눈을 하고 나타났다. 나는 너무 놀라서 입을 쩍 벌린 채 소리도 내지 못했다. 아주머니는 아무 말도 없이 내 얼굴을 가만히 바라보기만 했다. 아주 슬픈 눈빛으로. 헝클어진 머리를 애써 빗어 묶은 듯 잔머리가 흘러나왔고 눈가는 퉁퉁 부어 불그스름했다. 하지만 그런 모습치고는 엄청나게 미인이었다.

"이거, 떨어뜨리셨어요?"

나는 빨간 봉투를 내밀며 말했다. 하지만 아주머니는 봉투를 받을 듯이 손을 내밀었다가 갑자기 고개를 흔들더니, 물끄러미 내 눈을 보았다.

아주머니가 갑자기 두 손을 뻗어 내 얼굴을 쓰다듬으려고 했다. 나는 화들짝 놀라 뒷걸음질 쳤다.

아주머니는 정신이 번쩍 든 듯 얼른 손을 내렸다. 고개를 푹 숙이고 두 손을 만지작거렸다. 희고 가느다란 손이었다. 작은 목소리로 뭐라고 중얼거렸지만 잘 들리지 않았다. 자세히 보니 깨끗하고 좋은 신발을 신고 있었고, 린넨 치마에도 구김 하나 없었다. 손톱도 매끈했다.

아무 말 없이 눈물을 글썽이던 아주머니가 천천히 입을 열었다. 나는 귀를 기울였다.

"니슈한궈…."

알아들을 수 없는 외국어였다.

그 순간 휴대폰 진동이 울렸다. 아빠가 건 전화였다.

"여린! 박여린! 너 어디야!"

"어딘지 모르겠어요."

"눈에 띄는 집이나 대문 근처에 붙은 파란색 표지를 봐. 거기 적힌 도로명 주소 불러. 아빠가 찾아갈게."

나는 가까운 곳의 파란색 표지를 찾아 숫자를 불렀다. 그 사이 얼굴 고운 아주머니는 사라지고 없었다.

집에 돌아와서야, 내 주머니 속에 빨간 봉투가 있다는 걸 알았다.

이 세계의 룰

빰이 젖어 있었다. 먹구름을 덮고 있는 듯 몸이 으슬으슬 춥고 기분이 이상했다. 에어컨을 너무 세게 틀고 잔 모양이다.

꿈속에서 엄마를 봤다. 나를 돌아보려고 하는 찰나 잠에서 깼다. 꿈속의 나는, 마치 엄마 얼굴을 다시는 보고 싶지 않다는 듯이 엄마가 돌아서려고 하는 순간마다 눈을 떠 버린다.

휴대폰으로 시간을 보니 밤 열두 시였다. 읽지 않은 톡 알람이 322개였다.

– 더워 맛있게 먹었냐. 냠냠.

– 살아 있냐.

…

– 자냐.

…

– 나 물어볼 거 있다니까.

– (시무룩)

무경이는 혼자 중얼거리다가 밤 열한 시가 되자 조용해졌다.

– 아까 낮에 영어 숙제 물어보려고 한 거지? 단어는 3과부터 6과까지 시험 치고, 독해는 10번 지문만 해석해 가면 돼. 내가 한 거 보내 줄까?

무경이가 내 숙제를 베낄 리 없는데도 예의상 한번 물어봤다.

무경이와 나는 유치원, 초등학교, 중학교에 세 군데의 학원까지 같이 다니면서 인생의 절반 이상 동선을 함께해 왔다. 작년에 이어 올해까지 같은 반이 된 탓에 아침부터 밤까지 같은 공간에 있는 날도 있다. 서로 정수리 냄새까지 다 아는 사이라서, 말이나 톡을 좀 씹더라도 절대 서로

서운해하지 않는다.

하지만 이솜이, 다인이는 다르다. 둘은 같은 초등학교를 나와서 나보다 먼저 친구가 된 사이이다. 중2가 되면서 이솜이만 다른 반으로 갈라지는 바람에 이솜이가 나를 견제하느라 쉬는 시간이나 점심시간이면 다인이를 복도로 불러내곤 했다. 별로 할 말도 없으면서 다인이 어깨에 팔을 걸치고 시답잖은 장난을 보란 듯이 쳤다. 어느 날은 이솜이가 다인이와 똑같은 단발머리를 하고 나타나더니, 책가방에 둘이 똑같은 키링을 걸고 다녔다. 매일 팽팽한 감정 줄다리기를 하는 기분이었다.

그러다 여름방학이 되면서 우리 셋 사이는 다시 원래대로 돌아왔다. 하지만 나는 예전처럼 이솜이가 편하게 느껴지지 않았다.

– 나 내일 무경이 다니는 수학 학원 테스트 볼 거야! 학교 끝나고 나서도 얼굴 보고 싶어서. ♥♥♥

이솜이가 심장이 뛰어다니는 모양의 이모티콘으로 채팅창을 도배했다. 요새 무경이한테 빠져서 매일 무경이 이야기만 한다.

이솜이와 다인이, 나 셋이 함께 있는 채팅방에 올라온 톡에는 늦더라도 꼭 답장을 해야 한다. 그게 우정을 증명하는 가장 안전한 방법이니까. 나는 왠지 몸에 소름이 돋아 이불을 목 끝까지 끌어당긴 채, 둘의 톡을 모두 읽었다. 하나라도 놓치지 않고 관심을 줘야 한다는 의무감에 명치가 답답해졌다.

– 거기 여린이도 다니잖아. 무경이랑 같은 레벨의 반일걸.

– 박여린! 너희 수학 학원 테스트 많이 어려워?

– 근데 여린이는 수포자잖아. 무경이는 우리 학교 수학 톱인데 왜 여린이랑 같은 레벨이야?

– 그러게. 미스터리네. 여린이는 뭐 하느라 답이 없어?

– 몰라, 걘 맨날 바빠.

'앗! 미안, 내가 오늘 좀 피곤해서 일찍 잠들었다가 방금 일어났어. 톡 이제 다 읽었어. 무경이가 학원 테스트에 약해. 아는 문제도 다 틀려. 답도 밀려 쓰고. 그래서 레벨이 좀 낮지. 나야 뭐 수포자고. ㅋㅋㅋ'

톡을 썼다 지우기만 반복했다. 이솜이와 다인이는 한참 드라마 이야기를 나누다가 굿나잇 인사를 한 상태여서, 내가 불쑥 끼어들기 어색했다. 몸도 마음도 데친 시금치처럼 시들시들해졌다.

건너편 방에서 아빠가 코 고는 소리가 들려왔다. 스탠드가 놓인 탁상 위로 손만 내밀어 더듬더듬 에어컨 리모컨을 찾았다. 온도가 17도쯤 될 줄 알았는데 '취침 모드'로 설정되어 있었다.

그런데 왜 이렇게 춥지? 이불 밖으로 뺀 손이 금세 싸늘해졌다.

"왜 너냐?"

어둠 속에서 누군가의 목소리가 들려왔다. 처음에는 아빠 목소린가 했다. 하지만 아빠의 코 고는 소리가 너무 우렁차서, 도저히 헷갈릴 수 없었다.

"…."

"왜 너냐고?"

나는 벌떡 일어났다.

침대 귀퉁이에, 누가 우뚝 서 있었다!

창밖에서 새어드는 희미한 불빛에 초점을 맞춰 봤다. 어떤 남자애의 실루엣이 나타났다. 어둠이 눈에 익자, 빨간 머리카락도 보였다. 흰 셔츠에 헐렁한 청바지를 입고 있었다. 목에는 번쩍거리는 목걸이가, 왼쪽 귀에는 해골 무늬 귀걸이 두 개가 달랑거렸다.

모르는 애였다. 아니 그게 중요한 게 아니고.

"누…구…?"

나는 목소리를 쥐어짰다.

빨간 머리가 고개를 돌렸다. 창백하고 작은 얼굴에 오뚝한 코, 쌍꺼풀 없이 긴 눈, 갸름한 얼굴의 남자애였다.

이런 순간이 오면 드라마나 영화에 나오는 사람들은 비명을 지르던데 나는 말문이 턱 막혔다. 형체가 흐릿해서 아직 몽롱한 꿈속에 있는 것 같기도 했다.

"네가 날 선택했잖아. 아, 엄마도 참."

무슨 소리야, 도대체. 내가 뭘 선택해.

혹시 아빠가 숨겨 둔 자식? 아니지. 아빠는 이렇게 예쁘장한 아들을 꼭꼭 숨기지 않을 거다. 오히려 누구 보란 듯이 사진을 찍어 올릴 타입이다. '#나_닮아_얼굴에_김붙음_잘생'김' #아들과_함께한_여행 #당신_보고_있나?' 이런 태그를 달아서.

이 비현실적인 현실에 나도 모르게 까칠한 말이 튀어나왔다.

"너 누구냐니까. 왜 남의 방에 들어와 있는 건데?"

"네가 날 불렀잖아!"

그럴 리가.

녀석이 나를 빤히 바라보았다.

"정말 몰라? 몰라서 물어?"

빨간 머리가 고개를 갸웃거렸다. 허연 얼굴이 더 허옇게 빛나 보였다. 불도 안 켠 밤에, 이토록 환하게 빛나는 얼굴이라니. 저런 걸 두고 '자체발광'이라고 하나 보다.

"너 아까 낮에 골목에서 빨간 봉투 주웠지?"

빨간 봉투?

나는 허물처럼 벗어 놓은 옷을 찾아 주섬주섬 주머니에서 봉투를 꺼냈다.

"이거?"

"그래, 그거."

"이게 뭐 어쨌다고."

점유이탈물횡령죄라나 뭐라나 하는 법 때문에 이러는 건가?

그 애는 가만히 서서 나를 노려보았다.

"너…, 그게 진짜 뭔지 몰라서 이러는 거야?"

빨간 머리가 팔짱을 끼더니 차분해진 목소리로 물었다. 폭발할 것 같은 기분을 꾹 눌러 참는 것 같았다.

"뭐가? 왜? 내가 뭘. 내가 왜."

나는 아무 말이나 뱉었다.

녀석은 고개를 휘휘 돌려 뭔가를 찾는 듯하더니 책상 위에 놓인 소지품에서 내 이름을 보고 또박또박 읽었다.

"박여린, 이게 네 이름이야?"

"어, 내 이름이다. 왜?"

"서로 이름은 알아야 할 거 아냐."

"왜 그래야 하는데?"

이 한밤중에 도대체 왜 자기소개를 해야 하나. 레크리에이션 하는 것도 아니고.

남자애가 머리를 벅벅 긁더니 한숨을 쉬었다.

"너 진짜 아무것도 모르는구나? 네가 뭘 주웠는지, 그게 무슨 의미인지."

답답한 건 질색이다. 자꾸 모르냐고 다그치니까 코너에 몰리는 기분이었다. 수학 학원에서 레벨 테스트를 할 때마다 '아는 게 병'이니까 나는 병에 걸리지 않기 위해 모르는 거라고 우기던 수법을 쓸까.

"내가 뭘? 뭘 모르는데?"

빨간 머리가 으아악 소리를 내며 자기 머리를 헝클어뜨리더니 갑자기 정색을 하고 말했다.

"야, 우리 나중에 결혼해야 한다는 건 알아?"

이건 무슨 개 풀 뜯어 먹는 소리야. 나 열다섯 살이거든? 법적으로도 정신적으로도 결혼할 생각 없거든? 시대가 어떤 시대인데.

내가 전혀, 네버, 절대적으로, 아무것도 모르는 얼굴을 하고 있자 그 애가 맨손으로 얼굴을 벅벅 문질렀다. 영혼이 사라진 표정으로 나에게 손을 내밀며 말했다.

"일단, 인사부터. 내 이름은 진자룽이야. 열다섯 살이고."

듣자마자 빵 터졌다. 엄마가 나를 떠나는 슬픈 꿈에서 깨어나자마자 코믹한 꿈을 꾸다니. 사춘기가 되면 로맨스, 코미디, 동물 다큐까지 꿈의 장르가 다양해진다더니 맞는 말인가 보군.

"진 뭐? 무슨 용? 푸하하! 이름이 왜 그래?"

"한국 애들은 다 내 이름 듣자마자 웃더라. 왜 그러나 몰라."

"넌 한국 애 아냐?"

"난 대만 사람."

"한국어를 이렇게 잘하는데?"

"한국에서 좀 살았거든."

난 한국에서 15년째 살아도 0개 국어 한다는 소리를 듣는데 진자룡이라는 저 빨간 머리 남자애는 좀 살고 이렇게 말을 잘하다니. 언어 천재인가.

“잘 들어. 난 200*년 4월 24일 3시에 태어났어.”

“안 물었고 안 궁금해. 한국에서는 그걸 ‘안물안궁’이라고 한단다.”

내가 피식 웃으며 말했다.

“죽은 지는 두 달 됐고.”

“어, 그래 그래.”

그 말은 흘려들었다. 방금 들은 숫자가 왠지 익숙했기 때문에 기억을 더듬는 중이었다.

“아! 기억났어!”

나는 빨간 봉투를 열어 그 안에 든 종이를 꺼냈다. 200*年 4月 24日 3時. 선명하게 적힌 숫자가 보였다.

“여기 적힌 거랑 똑같네?”

“내 사주니까 당연하지.”

“네 사주를 왜 여기 적었는데?”

사주. 할머니가 맨날 말씀하시던 그거, 인간의 팔자. 애태우고 마음 졸이고 기다리고 바라보는 일, 노력하고 사랑하는 것이 죄다 의미 없는 일이 되는 것. 그런 논리는 사람 힘 빠지게 한다. 할머니는 엄마 사주에 역마살이 있다고 했다. 한곳에 정착하지 못하고 여기저기 떠돌아다니며 살아야 할 운명이라서 나를 떠난 것이라고 했다.

운명이 아니라 변명이지. 나는 속으로 외쳤다.

"대만에선 빨간 봉투를 주운 사람이 그 안에 든 사주를 가진 사람과 운명의 짝이 되어야 해. 빨간 봉투를 주운 날로부터 49일 안에 무효 선언을 하지 않으면. 그래서 내가 부탁 하나 하려고 왔어."

아~ 예예, 하며 나는 피식 웃었다.

"운명의 짝? 우리나라에선 만 18세 미만 청소년이 부모 동의 없이 결혼하는 걸 금지하고 있어. 난 법이 보호해 주는 청소년이라고."

내가 이걸 아는 건 레인 오빠와 결혼할 수 있는지 검색해 봤기 때문이다. 진자룽이 천천히 눈을 껌벅였다. 법 이야기에 잠시 버퍼링이 걸린 것 같았다. 하지만 금세 제정신을 찾고 단호하게 말했다.

"일단 잘 들어 봐."

"잘 들려."

잘 들으려고 머리카락을 귀 뒤로 넘겼다. 아무리 생각해도 이건 자각몽인 것 같았다. 이렇게 생생하고 구체적인 꿈이라니.

"그 세계의 룰이 여기선 먹히지 않아."

"뭔 세계."

"너는 이승에 있고, 나는 저승에 있잖아. 봐, 나 귀신인 거 알겠지? 그 빨간 봉투는 저승 세계의 규칙으로 돌아가는 거야."

"귀신… 그래, 그렇다 치고, 규칙이 뭔데 이래?"

이렇게 안 무서운 귀신도 있나. 아마 저 귀신이 입이 쭉 찢어지거나 쿵쿵쿵 거꾸로 걷거나 몸을 뒤로 꺾거나 히히히 웃으면 무서울 텐데. 나에게 부탁하는 입장이라 그런지 아니면 지나치게 잘생겨서 그런지 전혀 소름 끼치지 않았다.

"이건 영혼과 영혼이 맺어지는 거야. 네가 죽고 나서 저승에 올 때까지 내가 기다려야 하는 거지. 왜냐하면 난 저승에 있으니까. 거긴 다른 세계야. 다치지도 죽지도 않는 존재인데 이승의 법이 무슨 소용이 있겠어?"

"그래서?"

나는 다리를 꼬고 앉아서 말을 이어 보라며 손짓했다.

"그 봉투, 우리 엄마가 떨어뜨린 거야. 내가 외로운 영혼으로 저승 세계를 떠도는 게 걱정되니까 그걸 갖고 다니셨나 봐. 나도 이런 건 다 미신인 줄 알았는데 갑자기 여기로 불려 나와서 놀랐지 뭐야. 그걸 막을 길은 하나뿐인데. 그게…."

한계에 다다랐다. 더위를 먹은 게 틀림없다. 역시 8월에 찜통 같은 골목길을 걷는 게 아니었다. 몸이 노곤해지면서 뇌가 먼저 드러누웠다.

"용용이, 잘 들어."

"진자룡이라고."

"용용이든 드래곤이든 진짜 용이든, 난 계속 잘 거니까 결혼 타령하지 말고 사라져. 요새는 가위도 신박하게 눌리네."

"아아…."

진자룡이 한숨을 푹 쉬었다.

엄마 아빠가 이혼하는 꿈을 다시 꾸는 게 낫겠다. 말대꾸를 계속했더니 피곤함이 확 몰려왔다. 이불을 다시 목까지 덮었다.

눈을 가늘게 뜨고 침대 귀퉁이를 보았다. 지우개로 지우듯 진자룡이 스르르 사라졌다.

역시, 이상한 꿈이었다.

무경이와 나

엄마가 나를 떠났을 때 내 옆에 가장 오래 있어 준 사람은 무경이였다. 내 마음을 바닥까지 아는 애도 역시 무경이뿐이다.

내가 중학생이 되자마자 엄마는 뒤늦게라도 하고 싶은 공부를 다시 하겠다며 성악을 배우러 이탈리아로 갔다. 엄마는 젊을 때 유학 준비를 하던 중에 아빠와 결혼했다. 입학 허가도 다 받아 놨는데 나를 가지는 바람에 '발목 잡혔다'며 이모와 통화 중에 하소연하던 말을 엿들은 적이 있다.

"엄마로서 살았던 시간에 대해 참 감사하게 생각하는데…."

엄마가 말을 멈추고 새끼손가락을 편 채 우아하게 홍

차를 한 모금 마시던 순간이 기억난다. 굵게 컬이 잡힌 갈색의 풍성한 머리칼이 부엌 조명을 받아 빛났다. 딸인 내가 봐도 엄마는 참 아름다운 사람이었다. 어릴 때부터 길거리 캐스팅 받는 게 귀찮아서 사람 많은 곳을 피해 다녔을 정도다. 그때 받은 명함을 쌓아 올리면 달까지 닿을 거라고 아빠가 말한 적이 있다. 엄마를 보려고 여고 교문 앞에 몰려 있던 사람 중에 가장 오래 버틴 남자가 바로 아빠였다.

나도 엄마를 따라 새끼손가락을 펴고 망고 주스를 마셨다. 입 안은 달콤해졌지만, 마음은 씁쓸해졌다.

"이제 내 삶을 살고 싶어. 아내나 엄마 말고, 이서영으로 살아 볼래. 박여린은 이서영을 이해해 줄 수 있겠니?"

이해해 줄 수 없었다. 꿈보다 내가 더 크고 무거웠으면 했으니까. 다이버들이 허리에 차는 납덩이처럼 엄마가 꿈을 좇아 두둥실 떠오르지 못하도록 매달려 있고 싶었다.

언젠가 엄마가 떠날 줄은 짐작하고 있었다. 바스락바스락 소리가 나서 잠결에 일어나 보면, 엄마가 윗방에서 짐을 싸고 있었다. 콧노래를 흥얼거리면서. 하지만 다음 날 아침 옷방에 가 보면 캐리어 안은 텅 비어 있었고, 옷장의 옷들도 그대로였다. 엄마는 수십 번 짐을 쌌다 풀었다 반복했다. 어쩌면 내가 마음의 준비를 할 수 있도록 일부러 그랬는지도 모르지만, 나는 매번 마음 한 귀퉁이가 잘려 나가는 고통을 반복해서 겪을 뿐이었다.

엄마가 내 키보다 큰 이민 가방을 들고 사라지는 모습을 이를 악문 채 끝까지 지켜보았다. 오랫동안 이별을 준비한 사람답게 엄마는 돌아보지도 않고 단번에 떠났다. 그래서 나도 엄마한테 벌을 주고 싶었다. 내가 궁금해지는 벌. 나는 휴대폰 번호를 바꿔 버렸고 SNS 계정도 모두 새로 만들었다. 머릿속에서 엄마의 냄새, 목소리, 말투를 지우려고 애썼다.

하지만 오늘처럼 눈을 뜨고 나서도 왠지 오싹한 기운이 남아 있는 날에는 엄마가 불러 주던 자장가가 그립다. 엄마는 자장가에 온갖 바이브레이션을 넣어서 소프라노 톤의 발라드로 불렀다. 그러다 가끔은 트로트 창법으로 요상하게 부르기도 했다. 들을수록 점점 정신이 맑아지고 몸을 들썩이게 되어 도저히 잠이 들 수 없었다.

엄마가 노래를 부를 때, 숨을 들이마시느라 몸이 부풀어 오르는 순간과 저 먼 곳 어딘가를 보는 듯 아련한 눈빛이 되던 순간을 다시 볼 수 없다니. 누가 돌을 얹어 놓은 것처럼 온몸이 무겁게 느껴졌다. 점점 아래로, 아래로 꺼져서 지구의 중심에 닿을 것만 같았다.

그런 나를 건져 올리는 건 무경이뿐이다.

"먼저 먹는 사람이 지는 거야."

무경이는 소프트콘 아이스크림을 두 개 사 와서 하나를 나에게 내밀었다.

"좋아. 아주 천천히 먹을 테다."

"지는 사람이 이긴 사람 업고 달리기."

"콜."

여름 햇볕이 거리를 달구었지만 우리는 규칙대로 최대한 천천히 아이스크림을 먹었다. 금세 바닐라 크림이 녹아서 손등 위로 흘렀다. 무경이가 자기 손등에 흐르는 아이스크림을 핥기 무섭게 다시 크림이 흘러내렸다. 무경이는 으악 으악 소리를 내며 눈을 부릅뜬 채 계속 아이스크림을 할짝거리더니 얼마 못 가 다 먹어치웠다.

나는 무경이가 쩔쩔매는 모습을 보다가 손뼉을 치며 웃어 버렸다. 그 바람에 내 아이스크림 덩어리가 무경이 옷에 떨어졌다. 무경이 등에 업혀서 공원을 한 바퀴 도는 동안 달짝지근한 바닐라 냄새가 풍겼다.

나는 뛰지도 않았는데 왜 숨이 찬지 알 수 없었다.

"요새 뭐 걱정하는 거 있어? 눈도 퀭하고 기운도 없어."

한참 숨을 고른 뒤 무경이가 물었다. 우리가 다시 벤치에 앉기를 기다렸다는 듯 공원의 나무들이 거대한 매미가 되어 맴맴 우렁차게 울어 댔다.

나는 일주일째 밤 열두 시마다 나타나는 진자룡에 대해서 말할까 말까 망설였다. 우리는 비밀이 없는 사이지만, 진자룡 이야기만큼은 설명할 방법이 없었다.

"넌 저승이 있다고 믿어?"

내 말에 무경이가 음 하고 생각하더니 천천히 이야기를 시작했다.

"우리 할아버지가 돌아가시기 전에 말이야. 병원에 오래 계셨는데 계속 인공호흡기 달고 의식이 없는 상태였거든? 그런데 어느 날 갑자기 벌떡 일어나 앉으신 거야. 나는 부모님이랑 같이 급하게 병원에 갔지. 그랬더니 할아버지가 언제 그렇게 오랫동안 의식이 없었냐는 듯이 말짱한 모습으로 허리를 펴고 앉아서, '콩나물국 끓여 줘' 하시는 거야."

"콩나물국?"

"어."

"갑자기 왜?"

"모르지. 할아버지는 그때 완전히 다른 사람 같았거든."

"어땠는데?"

"뭐랄까. 노인 같지 않고, 그냥 소년 같은 느낌? 눈을 마주쳤는데, 내가 기억하는 할아버지 눈이 아니었어. 눈빛이 달랐어. 나를 처음 본다는 듯이 아래위로 훑어 보더니 손가락으로 창문을 가리키는 거야."

"창문을?"

"어. 할아버지가 갑자기 막 깔깔깔 웃으면서, '저 눈들 안 보여? 나 기다리고 있어'라고 하시더라."

"설마 저승사자?"

"그건 모르겠어. 그때 엄마가 콩나물국을 갖고 와서 더 여쭤 보질 못했거든. 할아버지는 그 국에 밥 한 공기를 다 말아서, 국물 한 방울 안 남기고 싹 드셨어. 우린 다 입을 떡 벌리고 보고만 있었지. 그날 아침까지만 해도 영양제만 맞으셨지, 뭘 드신 적이 없었는데 말이야."

"와, 신기하네."

"신기해? 보통은 무섭다고 하던데."

"무섭기는 뭘."

진자룡도 죽기 전에 뭐라도 먹고 마지막 말을 남길 수 있었을까. 그럴 시간이 있었을까. 나는 녀석이 어쩌다 죽게 되었는지는 아직 모른다. 귀신이라는 걸 받아들이기까지만 해도 일주일이나 걸렸으니까.

진자룡은 입만 열면 결혼 이야기부터 했다. 그때마다 나는 돌아눕거나 이어폰을 끼는 등 딴짓을 했으니, 저승에 대해 물어볼 여유도 없었다. 모르는 게 정신 건강에 나을 것 같기도 했다.

"근데, 갑자기 그런 게 왜 궁금한데? 요새 귀신이라도 봐? 저승이 왜 궁금한데?"

나는 눈을 둥그렇게 떴다. 하마터면 "어떻게 알았어?" 하고 소리칠 뻔했다.

"그냥 생각나서. 죽고 나면 뭐가 있을지, 없을지."

"아이고, 우리 여린이가 사춘기구나아아. 사춘기가 되면 추상적인 세계에 대해 질문을 하게 된다지. 드디어 우리 손녀가 정신적인 성장을…."

무경이가 노인처럼 헐헐 하고 바람 새는 소리를 내며 웃다가 사레가 들려 컥컥댔다. 나는 있는 힘을 다해 등을 두드려 주었다.

"난, 죽고 나면 아무것도 없다고 믿을래. 천국이나 지옥 같은 것도 없을 거 같고. 다 사람이 상상해서 만들어낸 거 아닐까? 저승사자가 데리러 온다는 것도 뻥일 거야. 사람들이 죽기 싫으니까 자꾸 그런 얘길 지어내는 거겠지."

무경이 말에 나는 발끈 대꾸하려다 참았다. 저승은 실제로 있어. 괜히 옛사람들이 저승, 저승 한 게 아니야. 거기서 온 소년을 알고 있어. 진자룡이라고, 나랑 결혼하기 싫다고 밤마다 징징거리는 앤데…. 이따 열두 시가 되면 뿅 하고 나올 거니까 구경하러 올래? 어차피 네 눈에는 안 보이겠지만. 이런 말이 목구멍까지 올라왔지만 차마 할 수 없었다.

"그렇게 믿고 있다가 죽었는데 저승사자가 딱 나타나면 어떡하려고?"

"어떡하긴. '안녕하세요?' 하지 뭐. 나만 죽는 것도 아니잖아. 게다가 저승사자는 어차피 프로라서 내가 뭐라 하든 자기 할 일 할 건데 미리 두려워해 봤자 내 손해지. 그냥 지금 재밌게 살래."

역시 마음이 단단한 무경이는 흔들리지 않는다. 진자

룡을 봐도 '어이, 안녕?' 하고 인사하고 지나갈 애다.

"근데… 여린이 너 진짜 요새 좀 이상한 거 알아?"

"내가?"

"학원에서 멍하니 있을 때도 많고 톡 보내도 한참 뒤에 답하잖아. 근데 답장한 시간 보면 새벽 세 시나 네 시까지 깨어 있더라고. 왜 잠을 못 자? 너 그러다가 개학하면 좀비 된다."

무경이는 역시 나를 잘 안다. 나는 눈 그늘이 턱밑까지 내려오는 밤에 대해 말하고 싶어 입이 근질거렸다.

"밀린 드라마 정주행하느라 그렇지, 뭐. 다인이랑 이솜이가 맨날 드라마 이야기하잖아. 대화에 끼려면 어쩔 수 없어."

내 말에 무경이가 진심을 저울에 잴 듯 눈을 가늘게 뜨고 나를 보았다.

"너희 엄마가 집 나갔을 때 네가 꼭 이랬거든. 며칠 동안 밤새우고 밥도 잘 안 먹었어."

"아니야. 별일 없어."

"진짜지?"

"응."

"무슨 일 있으면 나한테 얘기해."

달나라에 사람을 보내고, 로봇이 수술하는 이런 시대에 귀신이라니. 어릴 때 할머니한테 들은 귀신은 흰색 롱드레스를 입고 매직펌이 필요한 긴 머리를 부스스 휘날리며 입에 칼을 문 처녀거나, "내 다리 내 놔" 하며 한 발로 쿵쿵쿵 뛰어오는 피투성이 노총각이거나, 이마를 톡 깨뜨리면 어떻게 될까 궁금한 달걀귀신 정도였으니까 당연했다. 21세기에는 21세기 스타일의 귀신이 나온다는 걸 예상하지 못했다.

그럼 신석기에는 간석기를 든 귀신, 청동기 때는 청동거울을 든 귀신이 있었을까? 오스트랄로피테쿠스나 크로마뇽인 들은 또 어땠을지 짐작도 가지 않았다. 알아서도 안 될 것 같았다. 내가 발 디디고 있는 땅이 우르르 무너져 버릴지도 모르니까.

밤마다 진자룡과 대화를 하다 보니 기분이 점점 이상해졌다. 우리는 어디에서 와서, 어디로 갈까? 이런 생각을 할 때마다 마음이 아득해지곤 했다. 진자룡은 죽기 전에 신을 믿었을까? 죽고 나서 그렇게 될 줄 알았을까? 어떤 세계든 머물 곳이 있어서 다행이라고 생각할까? 아니면 개똥밭에 굴러도 이승이 낫다는 말이 맞는 걸까?

"힘든 거 있으면 나한테 말하라고."

무경이가 나를 바라보며 다짐하듯 한 번 더 말했다.

"알았다고."

어릴 때부터 변함없이 깊고 순한 저 눈. 무경이는 어릴 때 몸이 약해서 맨날 맞고 다녔다. 그래서 태권도를 좀 하는 내가 늘 무경이를 구해 주곤 했다. 그럴 때면 나를 누나라고 부르게 했는데, 누나 누나 하고 부를 때는 남동생처럼 귀여웠다. 나도 무경이도 형제가 없는 데다 부모님이 이혼해서 구멍이 숭숭 뚫린 마음을 서로 들여다볼 수 있었다.

"우리 꼬맹이, 많이 컸네. 누나 부르며 울 때가 엊그제 같은데!"

무경이 머리를 쓰다듬어 봤다.

작년부터 무경이 키가 훌쩍 자라더니 이제는 나를 내려다볼 정도로 높아졌다. 팔다리도 길어서 옛날 그 귀여운 꼬맹이의 모습이 다 사라졌다.

"학원 가자."

무경이가 두 팔을 길게 뻗어 기지개를 켰다. 무경이한테서 달콤한 바닐라 냄새가 났다.

수학 학원 입구에 들어서자 미리 와서 앉아 있던 이솜이가 우리 둘을 힐끔 보았다. 이솜이는 수학 테스트에서 답을 일부러 틀리게 써서 우리와 같은 레벨이 되었다.

"어, 무경아. 너 옷에 얼룩졌어. 아이스크림 같은데?"

이솜이가 가방에서 물티슈를 꺼내 무경이에게 내밀었다. 무경이가 헤헤 웃으며 그걸 받아 얼룩을 닦았다.

나는 고개를 돌려 딴 곳을 보는 척했다.

데뷔조 멤버라니

녀석은 처음 모습을 보였던 다음 날에도, 그 다음다음 날에도 나타났다. 일주일 내내 하루도 빠짐없이 내 방에 출석 도장을 찍었다.

교회에 다니지 않지만 나무 십자가를 몇 개 만들어서 벽에 일렬로 걸어 두었다. 하지만 진자룡은 "인테리어 센스 하고는" 하며 혀를 끌끌 차기만 했다. 그래서 마늘을 한 접시 갖다 놨더니 "오, 이거 보니 마늘 치킨 먹고 싶다. 강남에 '1.5마리 마늘 치킨' 그거 엄청 맛있게 먹었거든" 하며 입맛만 다셨다. 소금도 뿌려 보고 팥 주머니도 갖다 놨지만 소용없었다.

귀신은 꽃과 음악을 좋아한다고 해서 꽃무늬가 조금이라도 있는 이불, 베개, 옷은 다 치웠다. 밤에는 음악도 안 들었다. 심지어 썬더 세븐 오빠들을 위한 반복 스트리밍 마저 그만두었다. 동영상 사이트에서 외국어로 된 퇴마사 영상을 찾아 틀었지만 진자룡은 쪼그리고 앉아 방송을 보며 깔깔 웃었다. "퇴마사 저거, 다 돈 벌려고 하는 수작이야" 하면서.

차츰 나도 덤덤해졌다. 더위 먹은 게 좀 오래 가는구나 싶었다. 밤 열두 시에 예약을 걸고 휴대폰 카메라로 내 방을 찍어 봐도 분명 눈앞에 보이는 진자룡이 화면에는 나오지 않았다. 동영상 속에서 나만 혼자 중얼거리고 있었다. 어떤 대화를 나누었는지도 다 기억이 나는데, 진자룡이 말하는 부분은 아예 녹음도 안 되었다.

내가 미친 걸까? 그러기에는 일상생활이 평범했다. 수학 문제를 풀어봤다. 정답을 반만 맞혔다. 머리가 제대로 돌아가고 있었다. 현관 비밀번호도 틀리지 않고 무경이 생일도 안 잊었다.

진자룡이 빨간 머리카락을 마구 쥐어뜯으며 말했다.

"집중 좀 해 봐. 이건 네 영혼의 인생이 달린 일이라고. 시간이 얼마 없어. 자, 다시 요약해 줄게. 네가 그 봉투를 주워서 내 사주를 읽는 순간에 우린 일단 인연이 약속된 거야. 여기까지 이해했지?"

"싫다고. 내 영혼이 왜 너랑 만나? 내가 지금 현생에도 남친이 없는데 사후세계 남친부터 예약된다는 게 말이 돼? 난 내가 스스로 선택해서 사랑할 거야."

내 남자 친구 자리는 레인 오빠를 위해 비워 두었거늘 너 따위가.

"너, 설마 모태 솔로야? 모-솔."

이 대만 소년은 어디서 이런 말을 배워 가지고 나한테 써먹는 거야. 나는 흠흠 목을 가다듬고 고개를 끄덕였다.

"나 좋다는 애들은 많아. 내가 벽을 치는 거지."

진자룽이 배를 내밀며 하하 웃었다.

친구 중에 남자 친구를 사귀는 애들은 많지만 오래 가는 경우는 드물었다. 이솜이, 다인이 모두 백일을 못 넘겼다. 나에게 고백한 남자애들도 열 명이 넘었다. 다 거절했을 뿐. 그 중에는 이솜이가 좋아하던 애도 있고 다인이랑 열흘 사귄 녀석도 있었다. 친구들은 내가 몇 번 연애를 해 본 줄 알지만, 한 번도 누구에게 고백한 적도 고백을 받아 준 적도 없었다.

"성격 보면 답 나오는데."

"야!"

나는 베개를 던지려다가 참았다.

"아무튼 싫어. 귀신은 내 취향 아니라고."

"그러니까 줍지 말았어야지. 그 봉투를 주운 사람한테만 내가 보여. 그래서 네가 날 볼 수 있는 거야. 하필이면 네가."

"뭔지 알고 주웠니, 내가?"

"내가 그때 말렸잖아! 우리 엄마가 봉투 떨어뜨렸을 때 네가 막 주우려고 해서 '안 돼!' 하고 소리 질렀다고."

"언제!"

진자룡이 벽에 머리를 박기 시작했다. 남자애의 목소리를 들은 기억이 가물가물 흐릿흐릿 올라오긴 했지만 아닌 척했다. 이게 다 내 책임이라고 할까 봐. 그런데 그때 나를 바라보던 아름다운 아주머니가 진자룡 엄마라니. 가만히 보니 닮긴 했다. 갸름한 턱선과 고운 피부, 또렷한 선의 입술까지. 어떻게 남자가 눈썹도 그린 듯이 아름다운 걸까.

"아무튼 너도 나도 서로 이 운명 원하지 않는 거, 맞지?"

"당연하지."

"이거 하나는 마음이 맞네. 어쨌든 네가 이 인연을 막아야 돼."

"나보고 뭘 어떻게 하라는 건데?"

한결같이, 자기랑 인연이 되지 말라고 말하는 것에 약간 약이 오르기도 했다. 혹시 내가 자기랑 결혼하고 싶어서 해법에 귀를 기울이지 않는다고 생각하는 건 아니겠지.

"내가 저승사자 형한테 물어봤어. 이거 어떻게 무효 처리하냐고. 형이 놀라더라. 여태 그런 경우가 없었대. 무효 처리하면 저승에서 평생 솔로 영혼으로 살아야 하는데 괜찮겠냐고 하더라. 물론 괜찮다고 했지."

진자룡이 머리를 쓸어 넘기면서 말했다. 이마가 참 예뻤다. 재주 많고 잘생긴 사람은 일찍 죽는다더니 네가 딱 그렇구나. 아, 그럼 우리 아빠는 영생을 누리겠다. 바다거북처럼 오래오래 살 거야.

아빠한테 어떻게 엄마를 만날 용기를 낼 수 있었냐고 물어본 적이 있다. 얼굴이 다는 아니지만, 만나자마자 인성과 재주와 잠재력을 보여 줄 수도 없었을 테니까. 게다가 아빠의 첫인상은 누가 봐도 '사회에 불만 있는 산적'처럼 보인다. 머리털이 수북하고 곱슬한데, 눈매가 날카롭고 항상 미간에 주름이 져 있다.

"네가 솔로로 살든 말든 나랑 상관없으니까 방법이나

말해 봐."

"빨간 봉투를 없애야 해."

"자, 네가 없애."

내가 언제 갖고 싶댔나. 나는 진자룡에게 봉투를 내밀었다. 그러자 녀석이 고개를 절레절레 저었다.

"선택권이 나한테 있는 게 아니라니까."

"그럼 내가 그냥 불태우면 돼?"

"아니. 그게 좀 복잡해."

진자룡이 한숨을 쉬었다.

이깟 봉투 하나쯤, 캠핑장 숯불에 넣고 활활 태워 버리면 끝나지 않나. 잘게 잘게 찢어서 믹서에 갈아 버릴까. 변기 똥물에 푹 적셔서 하수구로 보내 버려도 되고.

머릿속으로 온갖 방법을 생각해 봤지만, 왠지 이 모든 게 안 먹힐 것 같다는 예감이 들었다. 아주머니의 눈빛과 진자룡의 말투와 표정, 그리고 내 눈에 정말로 보이는 저 귀신의 존재가 생각보다 진지하게 다가왔다.

"일단 네가 진심으로 사랑하고 좋아하는 사람을 만나야 해."

"뭐라고?"

"네가 진짜 좋아하는 사람을 만나서 함께 있어야 해.

그때 네 마음이 최고치로 올라갈 때, 네 심장이 뛸 때 봉투를 갖고 있기만 하면 돼. 그럼 무효가 돼. 이승에서 좋아하는 마음을 내가 가로챌 수는 없거든."

"간단하네. 저승도 무법지대는 아니구만?"

"진짜? 좋아하는 사람이 있어? 어후, 다행이다! 너도 심장이 있는 애구나. 난 무슨 북극 빙하 같은 애가 걸렸나 했는데."

곱씹을수록 기분 나쁜 말이었는데 한마디 한마디 따질 시간이 없었다. 진자룡이 알려 준 방법을 다시 생각해 보니 조금도 간단하지 않았기 때문이다.

내가 가장 좋아하는 사람은? 썬더 세븐의 레인 오빠. 레인 오빠를 만날 확률? …팬 대표로 오빠를 만날 가능성만 따져 봐도 불가능에 가깝다. 지구 곳곳 방구석 해외 팬들까지 합쳐 천만 분의 1을 단숨에 넘어선다. 물론 확률 계산 같은 건 내 뇌 영역 밖이니까 정확히는 모르겠고.

"내가 진짜 좋아하는 사람은 이번 생에선 만날 방법이 없는데? 꼭 직접 만나야 해? 사진으로 보거나 멀찍이서 바라만 보는 건 안 되고?"

"그럼 네 마음이 진심인 걸 알 수 없잖아."

"왜 몰라. 멀리서 보기만 해도 가슴이 뛸 수 있지. 스마트워치로 심박수도 정확히 잴 수 있어."

"안 돼. 그런 건 '진짜'로 치지 않아."

"저승도 버전 업그레이드 좀 하라고."

하긴, 저승 세계가 업그레이드되었으면 귀신들도 이메일 보내고 SNS 했겠지. 염라대왕 근황에 좋아요 누르기 같은 것도 있었겠지.

진자룡이 내 방 벽에 붙은 브로마이드와 스티커, 내가 사 모은 온갖 굿즈를 보더니 팔짱을 꼈다.

"설마, 저 사람이야? 정지우? 너 저 형을 좋아하는 거야?"

"어. 나 완전 찐팬이야. 근데 너 레인 오빠 본명을 알아? 남자애들은 잘 모르던데."

"정지우. 나이 18세, 키 181에 몸무게 62킬로그램. 깔창이 5센티미터인 건 비밀. 취미 아이스하키랑 바이올린 연주. 허리에 점이 세 개 있고 내성 발톱으로 고생하지. 고향은 대구."

"엇! 너도 '우레우레'야?"

우레우레는 썬더 세븐 공식 팬클럽 이름이다. 기획사에서 직접 관리하는 팬클럽이고, 나는 우레우레 3기다. 레인 오빠의 본명이 정지우인 건 공식 정보지만, 이렇게 디테일한 것까지 아는 애는 드물다. 진자룡, 정체가 뭐지?

"우레우레는 무슨."

"그럼 네가 어떻게 알아?"

"우리 회사니까 알지."

"뭐래니."

윈윈 기획사를 '우리 회사'라고 부르다니! 우리 썬더 세븐 오빠들이 소속되어 있는 국내 5대 대형 기획사 중 하나인 윈윈 기획사에 들어가는 건 낙타가 바늘구멍으로 들어가는 것보다 어렵다. 레인 오빠를 '우리 오빠'라고 부르는 건 되지만 윈윈을 '우리 회사'라고 부를 수는 없다. 왜냐하면 그건 진짜 윈윈 기획사에 소속되어야만 쓸 수 있는 말이니까.

"자룡이 너는 외국인이라 잘 모르나 본데 너 그런 사기 함부로 치는 거 아니다. 죽었다고 해서 허위사실 막 유포하고 그러는 거 아니야. 거길 아무나 들어가는 줄 아니? 얘가 윈윈을 뭘로 보고!"

진자룡 얼굴에 갑자기 떠오르는 뿌듯한 표정을 보고 나는 입을 다물었다. 뭐야, 세상을 다 내려다보는 듯한 저 눈빛은?

"나, 데뷔조 SM이었는데?"

SM. '시크릿 멤버'. 즉 비밀 연습생을 뜻하는 원윈의 은어다. 썬더 세븐도 일반 연습생 기간에 SM 기간까지 거쳐 데뷔했다. 일반 연습생 중에서 상위 1퍼센트만이 SM이 된다. 데뷔가 거의 확정적이어서 외부에 알리지 않고 꽁꽁 숨겨 두다가 한 명씩 공개하는 게 원윈의 전략이다.

"하! 너 그게 뭔지 알고 하는 말이야?"

기가 막혀서 입을 쩍 벌렸다.

내 방 벽에 붙어 있는 썬더 세븐 브로마이드를 보고 짐작했겠지. 필통, 노트, 가방이 다 썬더 세븐 굿즈니까 모를 리가 없지. 원윈 기획사 이야기를 꺼내면 내가 멘탈을 놓고 이야기에 빠져들 거고, 그제야 자기가 원하는 이야기를 꺼낼 계획인 거다. 얼굴은 번지르르하게 생겨서는 저승에 가서 사기 기술만 배웠나.

"네가 진심으로 저 형을 좋아하는 거라면, 만날 방법이 하나 있긴 해."

"진자룡 네가 부활한다고 믿는 게 빠르겠다."

창문으로 달빛이 은은하게 들어왔다. 귀신이 잘생겨봤자 다 거기서 거기지 하고 생각하다가 문득 보면 아이돌 티가 났다. 특히 원윈 기획사에서 좋아하는 스타일이었다. 길에서 우연히 마주쳤다면 돌아보고 또 돌아본 다음 밤새 생각났을 것 같은 얼굴이었다.

"진짠데. 나 육하원칙(5W1H)에서 막내 1H를 맡았어. '하우'라는 예명으로. 죽었으니까 이제 비밀 금지 조항 어긴 거라고 할 수 없겠지? 계약은 무서운 거거든. 위약금은 더 무서운 거고. 나, 윈윈 역사상 최연소 데뷔 멤버가 될 수 있었는데."

'육하원칙'을 걸고넘어지다니. 비운의 그 그룹을.

나는 자세를 바르게 하고 앉았다. 이거야말로 내가 가장 잘 판단할 수 있는 문제다. 너, 잘 걸렸다. 헛소리를 걸러 내고야 말겠다.

"윈윈 기획사 급식 메뉴판 색깔은?"

"식욕 떨어지라고 시커먼 색이지. 근데 밥이 너무 맛있어서 다들 두 번씩 먹지."

아이돌 SNS에 올라온 사진을 검색하다 보면 알 수도 있지.

"썬더 세븐 메이크업 팀 팀장 언니 이름은 뭐야?"

"김솔아 팀장님. 강남 T숍 실장님 출신이기도 하지."

우레우레가 아닌 이상 이런 것까진 알기 어려운데. 나는 고개를 갸웃거렸다.

"드리미 데뷔곡은?"

"드림스."

드리미는 원원에서 나온 여자 아이돌인데 반응이 시원찮아서 삼촌 팬들 외에는 아는 사람이 별로 없다. 우레우레들은 혹시나 드리미 멤버들이 우리 오빠들과 사귈까 봐 눈을 부릅뜨고 알아보았기 때문에 멤버 하나하나 다 기억하지만.

"드리미 데뷔곡 작곡가는?"

"용앤용 형들."

거침이 없었다. 검색을 통해 내가 알 수 있는 정보는 누구라도 알 수 있는 거다. 하지만 외국인이 한국 기획사에 대해 이렇게까지 꿰고 있을 필요가 있을까. 열다섯 살 대만인이. 아무리 한류가 대세라지만 아리송했다. 진자룽이 얼마든지 물어보라는 듯 당당하게 팔짱을 끼고 말했다.

"못 믿어?"

"너 같으면 믿겠니? 확실한 물증이 있어야지."

"물증 보여 주면 믿을 거야?"

"보여 주기나 해라."

"그럼 내 말 들을 거지?"

"일단 믿게나 해 보든가."

진자룡이 잠시 고민하더니 "에라, 어차피 죽은 몸!" 하며 계정과 비밀번호를 불러 주었다.

"내 톡 계정이야."

"네 톡 따위 관심 없는데?"

"정말? 윈윈에 소속된 SM 이상 멤버들 다 있는 단체 채팅방인데, 관심 없어? 완전 극비리 방인데? 일반 연습생은 없고 썬더 세븐 형들과…."

나는 설마 설마 하면서도 잽싸게 진자룡이 다시 불러 준 계정으로 접속했다. 비밀번호가 너무 길고 복잡해서 외울 수가 없었다. 이놈의 두뇌!

"억!"

진자룡이 되어 주르륵 뜨는 친구 목록을 보자마자 나는 소스라치게 놀랄 수밖에 없었다.

비밀 채팅방

드리미, 레인, KG, 로이트, 수진…. 온통 윈윈 기획사 아이돌이었다. 공개된 SNS로는 절대 알 수 없는 그들만의 세상. 말도 안 돼. 나는 손으로 입을 틀어막았다.

"단톡방 보이지? 아무것도 캡처하면 안 돼. 비밀방이니까."

덜덜덜 떨리는 손으로 'SM'이라는 이름으로 개설된 방을 눌렀다. 세상에…. 윈윈 출신 연예인들의 대화가 수천 개였다. 연습 동영상, 사내 급식 사진, 연습실 배정표에 스튜디오의 바뀐 비밀번호, 대중에 공개되지 않은 음원까지 주르륵 올라와 있었다. 진자룡이 다른 멤버들과 연습실에서 찍은 사진도 많았다. 징징거리던 진자룡과는 전혀 다른 녀석의 모습이 사진 속에 있었다.

"이거 봐. 뾰족한 귀랑 해골 귀걸이… 똑같지?"

땀을 뚝뚝 흘리며 멤버들과 춤을 추고 있는 열정적인 소년. 2리터짜리 물병을 들고 마시는 진자룡, 썬더 세븐 앞에서 춤을 보여 주는 진자룡, 무대의상을 입고 대열을 맞추고 있는 센터 진자룡. 진짜 원원의 연습생이었다니.

진자룡이 '육하원칙'의 엠블럼이 인쇄된 옷을 입고 있는 사진을 확대해서 귀신 진자룡과 하나하나 뜯어 맞춰 보았다. 하얀 얼굴, 긴 눈매, 가지런한 눈썹, 턱선과 목선, 뾰족한 귀와 귀걸이까지.

진자룡은, 나야, 나! 하듯 턱을 치켜들고 거만하게 서서 나를 내려다보았다.

"말도 안 돼!"

'하우'는 진짜 진자룡이었다!

"이제 믿지?"

나는 멍하니 그 사진들을 보았다. 눈으로 봐도 믿기지 않았다. 어느 것이 더 비현실에 가까운지 알 수 없었다. 저승사자를 만나고 온 진자룡이 내 앞에 있고, 원원 기획사의 아이돌 대화창이 눈앞에 열려 있다. 둘 다 판타지였다. 현실 감각이 점점 사라지는 것 같았다. 나는 누구, 여긴 어디.

"정신 차리자, 박여린!"

나는 내 뺨을 꼬집었다. 이렇게 시간을 흘려보낼 순 없었다. 이게 어떤 기회인데!

나는 스크롤을 올리며 레인 오빠가 한 말만 골라서 빠르게 읽었다. '남원표 김 부각 먹고 싶다!', '살 빼기 힘들어!', '내 머리에 샤프 꽂힐 뻔….'

며칠 전에 사생팬 하나가 해외 일정을 마치고 귀국하던 오빠들에게 뛰어들어 사인해 달라고 조른 사건이 있었다. 경호원들에게 가로막혀 사인을 못 받자 샤프를 던져 하마터면 레인 오빠가 머리를 다칠 뻔했다. '사생팬들의 도 넘은 사랑'이라는 타이틀로 뉴스도 나갔다. 그 팬은 우레우레에서 영구 제명을 당했다.

오빠의 사진들과 오빠의 진짜 말투, 사소한 일상을 내 눈으로 보게 되다니. 같은 대화창에 있다는 것만으로도 이번 생의 행운을 죄다 끌어다 쓴 것 같았다. 다음 생에는 하루살이로 태어날지도 모른다. 강아지풀이나, 아메바가 될지도. 그래도 괜찮다.

"이거 나 소장하게 해 줘!"

나는 레인 오빠의 사진을 가리켰다. 거울에 반사된 오빠의 옆모습과 소매를 걷어 올린 왼쪽 팔이 보였다. '영원한 재능'이라는 뜻의 라틴어를 문신으로 새긴 팔뚝. 머리카락 끝에 땀이 송골송골 맺혀 있었다.

오빠는 '오늘 트레이너 님한테 칭찬 받았음! 체지방 8% 도달!'이라고 귀엽게 자랑하는 것도 잊지 않았다. '무럭무럭 자라야 할 청소년이!' 하고 썬더 세븐의 다른 멤버인 클라우드가 놀렸다. '오늘밤 치킨 먹여야겠어. 내일 체지방 20%로 만들어 주마! 복근은 나만의 것!' 또 다른 멤버인 스카이가 치킨 사진을 다섯 장 올렸다. 그러자 레인 오빠가 '끄아아악! 치킨 공격이라니! 괴롭다!' 하며 방패 사진으로 채팅창을 도배했다.

사적인 공간에서는 이렇게 귀엽게들 노는구나. 아무도 이 귀여움을 모르겠지!

"나만 혼자 간직할게, 응?"

나는 깍지 낀 두 손을 모아 가슴에 딱 붙였다. 역시 애교는 내 체질이 아닌지라 몹시 어색한 모양새가 나왔다.

이건 누구도 소장하지 못한 희귀 사진이다. 레인 오빠의 셀카! 이걸 내가 가질 수 있다니, 가슴 속에서 풍선이 부풀어 오르는 것 같았다.

"그건…."

그때였다. 갑자기 톡 알람이 울렸다. 단체방이 아니라

진자룡과 웬만 대화하는 개인 채팅방에서였다.

– 진자룡 너 보고 싶다.

"웬? 너희 그룹 멤버 아니야? 육하원칙 말이야."

"형이 왜…."

이 새벽에 잠을 못 이루고 있는 사람은 진짜 '웬'이었다. 프로필 사진을 보니 나도 웬의 얼굴이 기억났다. 한 명씩 멤버를 공개할 때 윈윈의 홈페이지에서 봤던 그 얼굴이었다.

진자룡이 내 휴대폰 화면 속으로 빨려 들어갈 듯 얼굴을 들이댔다.

"야, 저리 가. 가까이 있으면 추워."

나는 호, 입김을 불어 액정에 서린 김을 닦았다.

"이거 보라니까. 이 여름에…."

"잠깐만."

진자룡의 목소리에 다른 분위기가 묻어났다. 나는 잠자코 있었다. 붉게 물든 앞머리에 가려 표정이 읽히지 않았다.

웬은 혼잣말을 이어 갔다.

– 우리 이 시간에 사장님 몰래 강남 1.5마리 마늘치킨 시켜 먹고 해 뜰 때까지 연습했잖아. 기억나? 우리 오늘 치킨 시켜 놓고 울었다.

– 진자룡, 치킨 얼마든지 사 줄 테니 돌아와라. 너 없이 먹으려니까 맛이 없다.

– 형이… 못 지켜 줘서 미안.

내가 웬의 글을 읽을 때마다 글자 옆의 숫자 1이 0으로 바뀌었다. 누군가 글을 바로 읽었다는 뜻이다. 나는 웬과 대화하는 듯한 착각에 빠져 그걸 까맣게 잊고 있었다.

– 누가 읽은 거야? 너 누구야?

"어떡하지?"

내가 물었다. 이건 진자룡과 웬 둘만 있는 채팅방이니, 제3자가 불쑥 인사를 할 수도 없는 일이었다.

구구절절 소설 한 편을 써도 모자랄 이야기를 여기서 어떻게 한담. 진자룡은 지금 귀신이에요. 귀신이 시켜서 채팅을 했습니다. 아, 그 귀신은 제가 빨간 봉투를 줍는 바람에 만나게 된 건데요. 저희는 저승의 영원한 동반자가 되어야 할…. 그건 그렇고 레인 오빠 좀 만나게 해 주실래요? 그 이유는 저승사자 오빠가 이 결혼을 파기할 수 있는 유일한 방법이라며 진자룡한테 알려 줬기 때문인데요. 네, 전혀 논리의 흐름을 모르시겠죠. 이해합니다. 저도 그렇거든요. 일단, 제가 누구냐면 죽어서 저승에 가게 되면 귀신 진자룡과 평생 봐야 할지도 모를 비운의 운명에 처한 대한민국의 청소년으로서…. 아아악!

일본인인 웬에게 대만인인 하우의 운명을 한국인인 나 박여린이 설명해야 하는 이 다국적이고 비극적인 시추에이션. 포기하련다. 이런 결혼식을 맨 처음 만들었을 대만의 조상님으로 거슬러 올라가고 싶지도 않다. 남의 나라 풍습이 국경을 넘어 나에게까지 적용되는, 이 진정한 세계화 시대. 왜 저승은 귀신 중심주의로 돌아가는 것인가. 저승에는 인권도 없나!

갑자기 으스스한 느낌에 옆을 보았다. 진자룡이 입을 꾹 다물고 어깨를 떨고 있었다.

"너, 괜찮아?"

진자룡이 고개를 푹 숙였다가 힘겹게 들어 올렸다. 저렇게 슬픈 눈은 처음 보았다. 폴짝폴짝 날뛰고 윽박지르거나 놀리는 게 전부인 녀석인데…. 휴대폰 화면 너머, 웬이 손톱을 잘근잘근 뜯으며 대답을 기다리는 모습이 눈에 보이는 것 같았다.

진자룡이 긴 한숨을 쉬었다.

"그냥 거기서 나와. 우리 엄마가 가끔 들어가 보니까 그런 줄 알 거야."

목소리가 착 가라앉아서, 딴 사람이 말하는 것처럼 들렸다. 땅 밑에서 울리며 들려오는 소리 같았다. 나는 얼른 채팅방에서 빠져나왔다.

"형들 보고 싶다."

진자룡은 레인 오빠 브로마이드가 붙은 벽 아래에 주저앉더니 머리를 감싸 쥐고 흐느끼기 시작했다. 꿈을 이룬 레인 오빠의 환한 표정과 대비되어, 진자룡의 괴로운 표정이 더욱 어두워 보였다.

레인 오빠를 만나지 못하면 내 마음이 움직이지 않을 것이며, 빨간 봉투가 사라지는 날도 영원히 오지 않을 거라고 협박 반, 기대 반으로 말하려던 내 입이 꾹 다물어졌다.

먹귀의 등장

49일 안에 영혼 결혼식을 무효로 만들어야 한다고 징징거릴 때는 언제고, 진자룡은 계속 감감무소식이었다. 봉투를 주운 날로부터 벌써 2주 가까이 지났다.

나는 밤 열두 시만 되면 에어컨을 끄고 진자룡을 기다렸다. 하지만 이내 땀을 뻘뻘 흘리며 에어컨을 켜야 했다. 등골이 서늘해지는 시간은 다시 오지 않았다. 레인 오빠를 만날 수 있는 방법도 여전히 오리무중이었다.

역시 꿈이었나. 요즘은 꿈도 시즌제로 꾸나.

진자룡이 몸을 웅크리고 서럽게 울던 모습만큼은 생생하게 머릿속에 남아 있었다. 무슨 말로 위로해야 할지 알 수 없던 밤이었다. 나는 한 번도 간절하게 꿈을 꾸어 본 적이 없었다. 대충 시간을 때우다 보면 언젠가 어른이 될 거니까, 꿈 같은 건 어른이 된 다음에 생각하고 싶었다.

진자룡처럼 어릴 때부터 꿈을 가지고 달려가다가 그걸 갑자기 잃어버리는 기분은 어떤 걸까. 나로서는 짐작도 가지 않았다.

"박여린, 집중!"

허연 뭔가가 눈앞으로 날아왔다.

탁, 하고 무경이가 그걸 손으로 잡았다. 수학 학원 선생님이 던진 지우개였다.

"지우개 없었는데, 감사합니다."

무경이가 씩 웃으면서 능글맞게 말했다.

"너희 둘 다 남아서 보강하고 가."

선생님이 숯덩이 같은 눈썹을 검지로 긁으며 말했다.

"저, 저도 숙제 안 했는데 남아야 하는 거죠?"

이솜이가 슬그머니 손을 들었다.

"당연하지. 자수해도 광명은 없다. 셋 다 남아서 공부하고 간다. 하여간 레벨도 바닥인 녀석들이 열심히 해도 모자랄 판에 수업에 집중도 안 하고. 쯧."

선생님이 혀를 찼다. 나는 이솜이의 심장이 두근거리는 소리가 들리는 것만 같았다.

우리는 자습실로 가서 원형 테이블에 둘러앉았다. 학

생들을 관리하는 실장님이 우리에게 수학 문제로 가득 한 프린트물을 나눠 주고 떠나자마자, 이솜이가 가방에서 젤리를 꺼냈다. 알록달록한 곰돌이 모양의 젤리였다.

"흰색이 제일 맛있어."

이솜이는 흰색 곰돌이만 골라내더니 무경이에게 주었다.

"어? 나도 이것만 먹는데. 통했네! 고마워."

무경이가 젤리를 입에 털어 넣고는 질겅질겅 씹었다. 그러자 이솜이가 또 젤리 봉지를 뜯어 흰색 곰돌이를 골라 자기 손바닥 위에 올려놓았다. 무경이가 엄지와 검지로 젤리를 하나씩 집었다. 이솜이는 손바닥이 간지러운지 킬킬 웃었다.

'나는?' 하는 표정으로 이솜이를 보았더니, 이솜이가 혀를 낼름 내밀고는 남은 젤리를 나에게 주었다.

무경이가 흰색 곰돌이 젤리를 좋아한다고 말해 준 건 나였다. 이솜이는 무경이에 대해 논문이라도 쓸 기세로 질문을 퍼부었다. 사실 무경이가 좋아하는 건 바닐라 아이스크림, 잘 달궈진 돌의자, 시소, 진한 샤프심, 개구리의 촉촉한 뱃살, 바람 부는 날 나뭇잎이 후두둑 떨어지는 소리… 등 많았지만 젤리만 알려 줬다. 다른 소소한 것들은 왠지 무경이와 나만 알아야 할 것 같았다.

이솜이가 매일 묻는 바람에 나는 무경이에 대해 더 자주 생각하게 되었다. 무경이의 꿈이 외계인에서 시인으로 바뀌었다가, 다시 래퍼에서 숲해설가로, 최근에는 요세미티국립공원 지프 가이드로 바뀌는 과정을 모두 지켜본 건 나뿐이었다.

"대신 내가 문제 풀어 줄게."

무경이가 연필을 쥐더니 방정식 문제를 단번에 풀기 시작했다. 지우개를 쓸 일조차 없었다. 이솜이와 나는 무경이의 풀이를 보며 답을 따라 체크했다.

"도대체 넌 왜 이 학원에서 가장 낮은 레벨인 건데? 이 정도 실력이면 경시반에 들어도 되지 않아?"

이솜이가 물었다.

"거긴 문제 푸는 기계를 만드는 공장이거든. 난 인간의 존엄성과 인권 보장을 위해…."

말하다 말고 무경이가 피식 웃었다.

"그럼 넌 일부러 낮은 레벨을 유지한다는 거야?"

"그런 셈이지."

이솜이의 두 눈에 하트 모양이 떠올랐다.

무경이와 나, 이솜이는 공원을 가로질러 아파트 단지로 향했다. 이솜이는 평소답지 않게 숨을 몰아쉬며 웃어

댔다. 나한테도 친절한 척 말을 걸고 팔짱을 꼈다. 나는 한여름에 땀 차게 무슨 팔짱이냐며 이솜이를 슬쩍 밀어냈다. 그랬는데도 이솜이는 힝힝 웃으면서 들러붙었다.

무경이는 이솜이 옆에서 나란히 걸었다. 달아오른 거리의 열기가 바람을 타고 얼굴을 스쳤다.

"근데 너희 둘은 무슨 사이야?"

이솜이가 뜬금없이 나에게 물었다. 예전에도 채팅방에서 몇 번이나 확인한 질문이었으면서, 무경이가 있는 곳에서 다시 듣고 싶었던 모양이다.

"우리? 대나무로 만든 말을 타고 놀던 친구지."

나는 1초 만에 답했다. 어린 시절부터 내 옆을 지켜 준 죽마고우. 속마음까지 털어놓을 수 있는 소울메이트. 베프. 찐친. 무경이를 생각하면 따뜻한 밥을 먹은 것처럼 속이 든든하다.

"무경이 너는? 너한테 여린이는 어떤 앤데?"

무경이는 잠시 먼 곳을 응시하다가 입을 열었다.

"아마도… 대나무?"

그러더니 아무 설명도 덧붙이지 않았다. 선비 같은 지조와 절개를 자화자찬하는 건지 그저 죽마고우라는 표현에 동의한다는 건지 그것도 아니면 그냥 속이 텅텅 비었다는 건지. 이어질 말을 기다리고 있던 이솜이가 멋쩍게 웃더니 잠시 걸음을 늦추고 휴대폰을 만지작거렸다. 그러자 다인이가 바로 나에게 전화를 걸었다.

"우리 내일 개학이잖아. 방학 숙제 없었어?"

"숙제?"

갑자기 웬 숙제 타령. 우리 학교는 방학 숙제를 낸 적이 한 번도 없다. 게다가 다인이는 숙제를 잊을 타입이 아니다. 다인이네 부모님은 학교에서 보내는 모든 공지사항을 꿰고 있고 다인이의 학습 스케줄도 죄다 점검하기 때문이다.

"어, 숙제 있었던 거 같은데. 사회쌤이 우리 지역 청소년시설 분포도 그려 오라고 하지 않았어?"

"그건 지난 기말고사 수행평가였지."

"아, 그렇지. 헷갈렸다. 음…. 참, 어제 너 그 드라마 봤어? 〈써머 일기〉 어디까지 정주행했다 그랬지? 내가 거기 남주한테 완전 빠졌잖아. 그 남주가…."

다인이는 전화를 끊을 생각이 없는 것 같았다. 나는 그제야 이솜이가 다인이한테 전화를 걸라고 시켰다는 걸 눈치 챘다. 그냥 나한테 톡으로 말하면 될 텐데 다인이를 통해서 이런 꾀를 쓰는 게 조금 서운했다. 나는 둘이 대화를 나눌 수 있도록 몇 걸음 앞서 나갔다.

휴대폰을 든 채 돌아보니 무경이와 이솜이가 웃으면서 나란히 걸어오고 있었다. 눈이 마주치자 이솜이가 나에게 윙크를 해 보였다. 뭐가 그리 즐거운지 무경이도 허리를 젖히며 웃고 있었다.

매미가 악을 쓰며 울었다.

나는 일부러 성큼성큼 걸었다. 이솜이와 무경이는 내가 사는 1차 단지를 지나 3차 단지까지 좀 더 걸어야 한다. 저 둘이 십 분쯤 더 함께 걸을 수 있을 것이다.

1차 단지에 딸린 상가 건물 앞에 익숙한 수레가 세워져 있었다. 우리 동네에서 폐지와 고물을 줍는 '수레맨' 할아버지 것이다. 할아버지는 몸집이 작고 얼굴에 검버섯이 다닥다닥 피었지만, 힘만큼은 장사였다. 수레를 끄는 힘과 물건을 쌓는 기술이 엄청나서 자신의 키보다 두 배 높게 고물을 쌓고도 오르막길을 거뜬히 올라갔다.

아빠는 수레맨의 아버지가 몽골에서 우리나라의 씨름과 비슷한 스포츠인 '부흐'*의 선수였고 조상이 대대로 힘

* 몽골의 전통 스포츠. 손, 다리를 이용한 기술로 상대를 넘어뜨려서 등이나 팔꿈치, 무릎을 땅에 닿게 하면 이긴다.

을 쓰며 살았다는 이야기를 들은 적이 있다고 했다. 또 다른 소문에서 수레맨은 절도 전과 5범의 범죄자였다. 가끔 종적을 감추는 건 교도소에 다시 수감되어서라고 했다. 하지만 진실은 알 수 없었다.

나와 무경이는 초등학교 때부터 할아버지를 봐 왔다. 언젠가 기겁할 만큼 수레에 짐이 쌓여 있어서 둘이 밀어드린 적이 있는데, 할아버지가 그러다 다친다며 손을 휘휘 저었다. 할아버지는 한 손으로 우리를 말리는 시늉을 하면서 나머지 한 손만으로 수레를 잡고 언덕을 올라갔다. 그래서 우리는 할아버지를 슈퍼맨에 버금가는 존재라 여기고 '수레맨'이라 불렀다.

수레맨은 연회색 반팔 셔츠를 입고 오늘도 상가 앞 종이박스와 신문지 따위를 정리해서 수레에 쌓는 중이었다. 늦은 밤이지만 한껏 달궈진 공기가 식지 않아 몹시 무더웠다. 수레맨이 하던 일을 멈추고 나를 빤히 바라보았다. 노인의 눈빛이라고 하기에는 지나치게 맑고 뚜렷한 빛을 지닌 눈동자였다.

"아, 안녕하세요."

나는 엉거주춤 고개를 숙였다. 평소 수레맨과 살갑게 인사를 나누는 사이는 아니었다. 낯익은 것과 친밀한 것은 다르니까. 수레맨은 한 손에 녹슨 낫을 들고 있었다. 낫을 가까이에서 보는 건 처음이었다. 근방에 농사짓는 사람도 없을 텐데 누가 길에 저런 걸 버렸을까 생각하면서 지나가려던 참이었다.

"너는."

수레맨이 갑자기 입을 열었다. 나는 "저요?" 하면서 손가락으로 내 가슴께를 가리켰다. 수레맨이 냄새를 맡듯이 코를 킁킁거렸다.

"너 방금 누구한테 인사한 거야? 박여린, 듣고 있…."

나도 모르게 통화 종료 버튼을 눌렀다.

수레맨이 낫을 든 손을 휘저으며 손짓했다. 하지만 나는 가위에 눌린 듯 꼼짝도 할 수 없었다. 저 멀리서 무경이와 이솜이가 웃으며 걸어오는 모습이 보였다. 그 외에는 주변에 사람들이 아무도 없었다. 너무 더운 날이어서 다들 일찍 집에 들어가 버린 것인지, 상가 입구가 썰렁했다.

수레맨이 나를 뚫어져라 노려보더니 입을 천천히, 아주 크게 벌렸다. 입 안이 시커멓게 뚫린 블랙홀 같았다. 치아도 혓바닥도 보이지 않았다. 그저 노인의 것이라고는 믿을 수 없을 만큼 크고 깊은 구덩이 같은 입이었다.

그 입이 나를 삼킬 듯이 커지는 것 같더니 서늘한 바람이 그 속에서 불어와 나를 휘감았다. 수레맨의 눈에 흰자가 사라지고 온통 까만 눈동자만이 가득 찼다.

"어어어, 이상하다."

수레맨이 뭔가를 씹듯이 입을 오물거리더니 갑자기 인상을 썼다. 그러더니 퉤, 하고 침을 뱉었다.

그러자 투명한 결박에서 풀려난 듯 나도 움직일 수 있었다. 마침 무경이가 가까이 왔다. 이솜이는 왜 아직도 여기 있냐는 눈치로 나를 아래위로 훑었다. 하지만 그런 걸 신경 쓸 겨를이 없었다.

수레맨은 수레에 낫을 던져 넣더니 잽싸게 반대편으로 사라졌다. 나를 노려보던 순간에는 분명 몸집이 훨씬 더 커 보였는데 갑자기 쪼그라든 뒷모습의 할아버지가 되었다. 나는 그 모습을 홀린 듯 바라보았다. 무경이도 내 눈길을 따라 수레맨을 보더니 말했다.

"저 수레맨, 하늘공원에서 숙식을 해결한대."

"하늘공원? 화장한 사람들 추모하는 곳 말이야?"

이솜이의 말에 무경이가 고개를 끄덕였다.

"응. 우리 아빠가 시청 사회복지과에서 일하잖아. 수레맨에 대해 민원이 많이 들어와서 알아봤는데 하늘공원에서 납골당 관리하면서 나름대로 잘 지내고 있어서 별다른 조치를 하지 않기로 했다나 봐."

무경이의 차분한 말투를 들으니 현실 감각이 돌아왔다. 내가 잘못 본 거겠지. 너무 더워서 잠깐 정신이 나간 거겠지. 그런데….

"무경아."

"응?"

무경이가 나를 보았다. 겁에 질린 내 눈빛을 읽더니 고개를 비스듬히 숙인 채 다음 말을 기다렸다.

"너 아까 수레맨 얼굴 봤어?"

"얼굴?"

"땀을 한 방울도 안 흘렸어. 목덜미도 이마도 얼굴도 다 깨끗하기만 했어."

나는 이솜이와 무경이의 얼굴을 번갈아 보았다. 학원에서 공원을 가로질러 여기까지 오는 10분 남짓한 동안에도 앞머리가 땀에 흠뻑 젖어 이마에 미역처럼 달라붙어 있었다.

"에이, 오늘 38도야. 어두워서 잘못 봤겠지. 게다가 저 수레 한가득 고물을 실었는데 어떻게 땀이 안 나냐."

이솜이가 끼어들었다.

"얘가 무슨 소릴 하는 거야."

내가 얼빠진 얼굴을 하고 있자, 무경이가 내 이마를 손으로 짚었다. 이솜이는 그 손길을 따라 내 이마를 빤히 보았다. 나는 무경이 손에서 전해지는 더운 기운이 얼음처럼 굳은 내 멘탈을 녹여 주는 것 같아서 뿌리칠 수 없었다.

"박여린 더위 먹었나 보네. 가방 이리 줘."

무경이가 내 어깨에서 책가방을 가져가 멨다.

까득까득. 회색 셔츠를 입은 수레맨이 등을 돌리고 뭔가를 먹고 있다. 셔츠에는 땀자국이 없다. 납골당의 유리문이 모두 열려 있고, 꽃과 사진 들이 바닥에 널브러졌는데도 수레맨은 까득까득 소리를 내며 먹는 일에 열중한다. 꽃 냄새가 진하게 풍긴다. 숨이 막힐 것 같다.

나는 사진들을 주워서 유골함 칸마다 다시 넣어야겠다는 생각이 든다. 그게 내가 해야 할 일이라는 확신이 든다. 바닥에 떨어진 사진들 속에는 제각각의 사람들이 있는데, 모두 내가 모르는 얼굴이다.

하지만 왠지 나는 사람들과 유골함을 하나하나 맞춰서 정리할 수 있었다. 사진과 꽃을 유리칸 안에 넣고 유리문을 하나씩 하나씩 닫았다.

마지막 남은 유리칸 앞에 멈춰 섰다.

"진자룡?"

빨간 머리 진자룡의 사진이 내 손에 들려 있었다.

손을 내밀어 진자룡의 옥색 유골함을 만져 보았다. 갓 화장을 끝냈는지 따뜻한 기운이 전해졌다. 나는 오랫동안 진자룡을 알아 온 것 같았다. 아주 소중한 사람을 잃었다는 생각에 가슴이 휑하게 비었다. 눈물을 닦으며 진자룡의 사진을 유골함 앞에 놓고 마지막으로 유리문을 닫았을 때였다.

유리문에 흉측한 얼굴 하나가 반사되었다. 시커먼 입을 벌린 수레맨이었다.

수레맨은 팔뚝 뼈로 보이는 기다란 것을 들고 살을 발라 먹으며 키득 웃었다.

"내 눈에는 다 보이지."

수레맨의 입이 점점 찢어지더니 항아리만큼, 자루만큼, 방 하나만큼 커졌다. 암흑이 나를 덮쳤다. 온몸이 서늘하게 식었다. 막막하고 두려웠지만 두 발이 땅에 붙은 듯 움직이지 않았다.

"살려 줘, 자룡아!"

진자룡만이 나를 살릴 수 있을 것 같았다. 유골함이 놓인 유리 너머로 빨간 머리 진자룡이 슬픈 눈으로 나를 바라보았다.

"자룡…."

흐억, 소리를 내며 눈을 떴다가 소리를 지를 뻔했다.

진자룡의 허연 얼굴이 코앞에 있었다.

"나 불렀냐."

"진자룡! 살아 있었어?"

나는 꿈에서 진자룡의 유골함을 만지던 감각을 떠올리며 헛소리를 했다. 그 따뜻함을 떠올리자 가슴이 미어지게 아팠던 것이 기억났다. 마치 녀석을 오래도록 아껴 왔던 것처럼 상실감이 나를 납작하게 누르는 그 기분. 그리고… 수레맨의 시커먼 입에 삼켜지던 순간이 떠올랐다.

"귀신한테 할 소리냐, 그게."

나는 하마터면 진자룡을 끌어안을 뻔했다.

"도대체 어디 있다 이제야 나타난 거야! 다신 못 보는 줄 알았잖아! 이 중2병 귀신아!"

진자룡의 등짝을 때렸지만 내 손은 허공을 가를 뿐이었다.

"전략 좀 짜느라…."

사실, 녀석이 다시 눈앞에 나타난 게 너무 고맙고 반가웠다. '꿈꿔또 꿈꿔또 무셔운 꿈꿔또!' 같은 애교를 부릴 마음은 없지만 이 악몽을 이해할 사람은 진자룡뿐이라는 생각에, 나는 수레맨에 대해 한참을 떠들었다. 땀 한 방울의 얼룩도 없던 회색 셔츠와 검은 입을 쩍 벌리고 있던 모습과, 그 순간 얼음처럼 굳어 버린 내 몸에 대해서 열변을 토했다.

이건 진자룡한테만 할 수 있는 이야기였다. 진자룡만이 이해할 수 있는 공포였다.

"먹귀네."

랩에 가까운 내 이야기를 모두 듣고 난 뒤 진자룡이 말했다.

"먹귀? 그게 뭔데?"

"이승을 떠도는 귀신을 먹어 치우는 존재야. 대개 공동묘지나 납골당에 머무르면서 인간의 모습으로 살지. 귀신을 잡아먹은 만큼 힘이 세지는데, 그걸 들키지 않으려고 노인의 모습을 하고 있었나 봐."

그럼 도대체 수레맨은 얼마나 많은 귀신을 잡아먹은 거지.

나는 엄청난 양의 고물을 싣고도 한손으로 수레를 끌

던 노인을 떠올렸다.

“들키면 안 돼?”

“먹귀도 귀신이니까 사자한테 붙들려 가거든. 사자가 챙겨야 할 영혼을 중간에서 가로채는 악귀라서 죄질이 나쁘지. 다만 너무 오래 인간의 모습으로 살았으면, 이미 저승 명단에서 누락되었거나 사자들이 놓쳤을 가능성이 커. 아무튼 그 수레맨이 널 먹으려고 했다는 거지?”

“어. 입을 막 쩍 벌렸다니까.”

나는 울컥 눈물이 솟을 것 같았다. 내가 뭘 그렇게 잘못 살았다고 이런 시련과 고난을 겪어야 한단 말인가. 집에서도 귀신, 밖에서도 귀신이라니. 왜 세상은 나를 가만히 두지 않는 거야.

“너한테서 나의 냄새를 맡은 거 같은데.”

“그, 그럼 난 어떻게 되는 거야? 나도 잡아먹혀?”

진자룡이 팔짱을 낀 채 벽에 몸을 기대었다. 꼼짝도 하지 않고 그렇게 서 있기만 하니까, 도저히 나를 살릴 방법이 없는 것만 같아서 입술이 바짝 탔다.

“서둘러야겠어.”

달이 지겠다, 싶은 순간 드디어 진자룡이 입술을 뗐다.

눈빛에 푸른 광채가 돌았다. 안 그래도 흰 얼굴이 잘

닦은 도자기처럼 우아하게 빛나서, 하마터면 가슴이 두근거릴 뻔했다.

"뭘? 뭘 서둘러?"

"너랑, 정지우 형을 만나게 하는 일 말이야."

진자룡이 손가락으로 나와 브로마이드 속 레인 오빠를 차례대로 가리키며 말했다. 나는 그 손길을 따라 레인 오빠를 바라보았다.

"정말 만날 수 있는 거야?"

그런 건 얼마든지 서둘러도 돼.

"제대로 하지 않으면 너도 나도 위험해질 거야. 먹귀가 내 존재를 눈치 채는 것도 시간문제거든. 앞으로 수레맨이 보이면 다른 길로 돌아서 가. 절대 너를 뒤따라오지 못하게 조심하고."

뒷말은 흘려들었다. 귓가에서 폭죽이 터지는 것처럼 정신이 없었다.

"오빠를 만났는데, 내 심장이 멈춰 버리면 어떡해?"

너무 좋으면 그럴 수도 있지 않나. 심장 마비가 와도 사랑하는 감정이 진심으로 드러난 걸로 쳐 주려나. 이 순간만큼은 먹귀고 뭐고 지우개로 싹 지울 수 있을 것 같았다. 생존 본능보다 강한 사랑의 본능이여!

진자룡은 내 질문에는 콧방귀도 뀌지 않고 귀찮다는 듯 미간을 찌푸렸다.

"내가 뭘 하면 되는데?"

나도 모르게 두 손을 모았다.

"오디션 봐야 해."

코끼리를 냉장고에 넣는 건 쉽다. 말로 하면 다 쉬운 법이니까.

"뭘 본다고?"

진자룡은 나를 향해 성큼성큼 걸어왔다. 그러더니 한 음절, 한 음절 내 이마에 못을 박듯이 또박또박 말했다.

나는 그 말이 먹귀의 등장보다 더 어이가 없었다.

"윈, 윈, 오, 디, 션, 볼 거라고."

캐스팅 전략

6인조 보이그룹인 '육하원칙'은 '웬, 웨얼, 왓, 후, 와이' 멤버까지 공개가 되었다. 얼굴과 예명, 국적만 알려 주고 노래하거나 악기를 연주하거나 춤을 추는 모습을 담은 동영상 두 개를 올린 게 전부였지만 재생수가 각 100만을 넘긴 지 오래였다. 윈윈은 그룹 이름을 늘 이상하게 지어서 이번에도 예비 팬들이 잔소리를 퍼부었다. 하지만 한 번 들으면 잊히지 않는 이름이긴 했다.

웬은 일본인, 웨얼은 태국인, 왓, 후, 와이는 한국인이었다. 공개된 멤버들은 모두 헉 소리 나게 잘생기고 각각의 개성이 달랐다. 음악적 재능도 탁월해서 벌써 팬층이 두터워지기 시작했다. 웬은 해금으로 애국가를 연주해 인기를 얻었다. 웨얼은 태권도 실력을 뽐냈고 랩도 잘했다.

왓, 후, 와이 역시 각각 다른 악기를 연주하며 소울 넘치는 노래를 불렀다. 인기 투표가 이뤄지고, 비공식 팬카페가 스무 개나 생겼다. 썬더 세븐 멤버들을 공개할 때보다 더 빠른 속도로 인기가 올라갔다.

'우레우레'에서는 육하원칙이 인기를 얻어야 우리 썬더 세븐 오빠들이 잦은 해외 투어를 마치고 휴식 기간을 가질 수 있다고 의견을 모았다. 그동안 윈윈 기획사를 먹여 살리느라 우리 오빠들은 휴가도 제대로 가 본 적이 없었다. 스카이는 무대에서 과로로 쓰러지기도 했다. 팬들이 우리 오빠들 그만 좀 우려먹으라고 항의해도 소용없었다. 그래서 우리는 육하원칙을 응원하기로 합의를 보았다. 물론 윈윈이 육하원칙만 전폭적으로 지원해 준다면 가만있지 않겠지만. 그런 이유로 육하원칙 멤버들이 공개되는 날 우레우레 카페도 들썩였던 것이다.

그런데 이상한 일이 일어났다.

마지막 멤버가 공개되는 날, 몇 시간이 지나도록 홈페이지에 아무것도 뜨지 않았다. '기획사 내부 사정으로 인해 육하원칙의 데뷔를 잠정적으로 미룹니다. 기다려 주신 팬 분들께 죄송한 마음을 전합니다'라는 아리송한 글이 팝업으로 뜬 게 전부였다.

도대체 누가 '하우'냐며 사람들은 궁금해했다. 관심을 집중시키려고 일부러 시간을 끈다는 말도 돌았다. 하지만 아직까지도, 여섯 번째 멤버는 오리무중이었다. 썬더 세븐이 데뷔할 때도 비슷했다. 마지막 멤버인 레인 오빠를 공개하기까지 두 달이나 시간을 끌었다. 그래서인지 레인 오빠의 인기가 제일 높았다. 기대한 만큼 최고였으니까. 그 쫄깃쫄깃한 기분, 팬이 아니면 알 수 없을 거다.

그랬는데, 하우가 진자룡이었다니.

진자룡이 귀신이라니.

그 귀신이 내 과외 선생님이라니. 살다 살다 귀신한테 춤과 노래를 배운다, 내가.

"도대체 뭘로 뽑힌 건데, 네가?"

방구석에서 버려진 인형처럼 쪼그려 앉아 있던 진자룡이 벌떡 일어났다.

"네가 지금 보고 있다시피 잘생긴 페이스?"

진자룡이 두 손으로 얼굴을 받치며 말했다. 빛이 번쩍 났다. 혹시 귀신이니까 주변을 짠 하고 밝히는 기술 같은 걸 쓸 수 있는 게 아닐까 싶을 만큼, 귀신 주제에 광채를 뿜었다. 암흑, 사탄, 흑역사 이런 낱말과는 어울려 본 적이 없는 녀석 같았다.

"못 들은 걸로 할게."

"대만 전국 댄스 대회 우승자야, 나. 쟁쟁한 형, 누나들 다 제치고 역대 최연소 일등을 먹었다고. 그뿐일까? 노래도 얼마나 잘하는데. 절대음감이라고 들어 봤냐. 대만 기획사 세 군데에서 캐스팅 제의가 들어온 몸이야. 나는 당당하게 오디션을 통해 윈윈에 들어갔지만!"

나는 내가 볼 수 있는 한 제일 먼 곳으로 시선을 돌렸다. 하지만 진자룡은 내 시선을 따라 눈앞으로 와 춤을 추었다. 자기 자랑이 바야흐로 후렴구에 접어들고 있었다. 격렬하게 춤을 추면서도 호흡 하나 놓치지 않고 자화자찬을 저렇게 길게 할 수 있다는 게 놀라웠다. 뻔뻔한 귀신 같으니.

그래도 진자룡의 기분을 맞춰 주고 싶었다. 나는 알싸한 마늘 소스에 닭다리를 푹 찍어 먹을 수 있는 세계에 사니까. 인심 썼다.

"자, 가르쳐 준 동작 다시!"

진자룡의 말에 나는 후, 한숨을 길게 쉰 뒤 잠옷 자락을 펄럭이며 춤을 추었다. 내 팔다리도 함께 펄럭였다. 보름 가까이 같은 노래에 맞춰 춤을 배우고 있지만 내 몸이 내 몸 같지 않았다.

"탈춤 추냐."

진자룡이 데굴데굴 구르며 웃었지만 나는 개의치 않고 얼쑤절쑤 춤을 추었다. 엄마 피를 물려받았으면 분명 박자감과 음감이 있을 텐데, 도대체 그 재능은 어디에 숨어 있는 건지 나타날 기미가 없었다. 하지만 날짜는 훅훅 지나가고 있고, 여차하다가는 저 잘난 척하는 귀신과 저승에서 만나야 할 운명이므로, 정신을 바짝 차려야 한다.

"이렇게 아름다운 탈 봤니?"

나는 내 얼굴을 가리키며 응수했다.

먹귀를 만난 그 날, 진자룡은 나에게 레인 오빠를 만날 수 있는 가장 빠른 방법을 알려 주었다.

바로, 캐스팅을 당하는 것이다. 처음에는 나도 코웃음을 쳤다. 길거리 캐스팅이 된다, 윈윈 1차 오디션에 합격한다, 2차 내부 오디션에 간다, 레인 오빠를 만난다. 이게 무슨 극단적인 스토리 전개란 말인가.

윈윈 기획사는 오디션에 1차 통과하면 선배 가수, 프로듀서 들과 만나는 2차 내부 오디션을 볼 수 있다. 그래서 1차만 통과하면 무조건 레인을 만날 수 있다고 했다. 물론 실제 가수가 되는 길까지는 N차 내부 오디션이 남아 있고, 앞날이 보이지 않는 연습생 기간을 거쳐 시크릿 멤버에 든 다음에도, 진자룡처럼 데뷔를 못하는 경우가 생긴다.

“네팔에 히말라야가 있는 걸 몰라서 내가 못 올라가냐. 아는 것과 하는 것은 천지차이지. 나도 덕질 제법 해본 팬이야. 그렇게 쉬운 방법이었으면 해외 팬들 백만 명은 들어갔을 거다.”

“난 한 번에 들어갔는데?”

“너야 재능 있는 애니까 가능하지.”

재능 있다는 말에 진자룡이 히죽히죽 웃었다. 쓰지도 못할 저 재능, 아깝다. 어쩌다 귀신이 되어 버렸을까.

“넌 왜 귀신을 못 믿냐. 그것도 원원의 SM이었던 나를. 선택과 집중, 그게 비법이야. 나의 족집게 과외를 받고도 원원 못 가면 진짜 사람도 아니다.”

족집게 과외라는 말에 눈이 번쩍 뜨였다. 생각해 보니 과연 그랬다. 진자룡이야말로 오디션계의 대선배이자, 원원 기획사의 내부 사정을 제대로 아는 산증인, 아니, ‘죽은’ 증인…이 아닌가. 수능 출제 위원장한테 이번 입시의 전략과 방향을 직접 전수받는 것이나 같다.

진자룡의 비법 전수에 따르면, 내가 원원 기획사 건물

안에 단번에 들어갈 수 있는 방법은 오직 로드 캐스팅 팀장 눈에 드는 것뿐이다. 공개 오디션으로 뽑히는 건 불가능에 가깝다. 원원에서 1년에 두 차례 하는 그 행사는 5천 대 1의 경쟁률을 자랑하니까. 댄스 대회나 노래 경연에서 우승해서 연락을 받는 방법도 있지만 그것 역시 내가 쓸 수 있는 카드가 아니다.

우리에게는 시간이 얼마 없다. 먹귀가 진자룡의 정체를 알아채기 전에, 빨간 봉투의 유효 기간이 지나기 전에, 모든 것을 해결해야 한다.

"전략은 다 내가 짜 준다니까. 나만 믿고 따라 와. 나만큼 좋은 선생님은 어느 학원에 가도 찾을 수 없을 거야. 내가 괜히 데뷔조 멤버겠냐고. 이런 고급인력을 너는 돈 한 푼 안 들이고 써먹는 거야. 아주 노동 착취에 해당하는 거지."

죽은 게 불쌍하기도 하고 오랜만에 나타난 게 반가워서 다 들어 주었더니 점점 어깨가 올라간다.

"알았으니까 자랑 좀 그만 해."

내 말에 진자룡이 혀를 날름 내밀었다.

"어쨌든 어떤 전략인지 들어나 보자. 내가 캐스팅을 당할 수 있는 족집게 전략이 대체 뭔데?"

"일단 앞머리 둥그렇게 말고, 물방울무늬 머리띠 필수! 나도 회의에 참여한 적 있어서 잘 알아. 원래 우리 회사는 SM 의견을 잘 반영하거든."

저기요, 지금 21세기인데요.

"너 1970년대에 요절한 기억 없니? 전생에 참여한 회의랑 헷갈리는 거 같은데."

"이번에 키울 그룹 '레트로' 콘셉트가 자연스럽고 순수한 복고풍 아이돌이라 그래."

"전혀 자연스럽지 않는데."

"물방울무늬와 청청 패션, 형광색 부츠가 핵심 아이템이지."

"안 돼. 그룹명부터 글러먹었어."

이불킥을 날리고 싶었다.

'육하원칙' 때부터 작명 센스는 진작에 알아봤다. 사실 '썬더 세븐'이라는 그룹명도 썩 세련되진 않았지만 오빠들의 매력으로 모든 걸 커버할 수 있었던 거다. 이번에 진자룡의 전략으로 내가 준비할 팀은 이름부터 '레트로'인 6인조 여자 아이돌이다. 이 살기 좋은 시대를 놔두고 왜 굳이 반세기 전으로 시간을 돌린다는 걸까.

정말 원원스러웠고 정말 원망스러웠다.

"처녀 귀신도 그런 옷은 안 입겠다."

"네가 귀신에 대해 뭘 안다고 그래."

나는 잠시 허공을 바라보았다가 다시 진자룡을 보며 말했다. 그래, 귀신에 대해 아는 게 없다는 건 인정.

"촌스러울 거 같은데."

"우리가 하면 다르지. 윈윈이니까! 카리스마 넘치고 세련된 복고로 갈 거야."

진자룡은 '레트로' 그룹의 기획 단계부터 모든 것을 보고 들은 연습생이었다. 그래서 기획 의도와 스타일에 대한 디테일한 요소들을 모두 기억하고 있었다.

"우리 '육하원칙' 데뷔가 나 때문에 무기한 미뤄지는 바람에 '레트로'를 좀 일찍 뽑을 거니까 기회는 이때뿐이야."

그렇게 진자룡의 특별 강의는 새벽까지 이어졌다. 잔소리 네 시간 폭격에서 강의 네 시간으로 바뀌었을 뿐 말이 많은 건 여전했다. 눈밑에 그늘이 진해지는 게 느껴졌다.

"청자켓이랑 빛바랜 청바지부터 준비해. 물방울무늬 머리띠랑 스카프도."

나는 조상님들이나 쓰던 디자인의 물건을 구하느라 인터넷 사이트를 종일 뒤져야 했다. 한물가도 한참 간 패션이라 파는 곳 자체가 드물었다. 게다가 내가 애써 구해 오는 것마다 진자룡이 퇴짜를 놓았다. 내 눈에는 촌스러움의 레벨이 엇비슷한데, 진자룡은 보색 대비가 어쩌고, 청자켓에 달린 단추 모양이 어쩌고 하며 까다롭게 굴었다.

진자룡은 밤마다 대기업 임원들 앞에서 기획서라도 발표하는 듯 계획을 착착 풀어 나갔다. 나는 일단 진자룡이 윈윈의 데뷔조 멤버였다는 걸 눈으로 확인했기 때문에 그 말을 믿고 따르기로 했다.

'레트로'가 윈윈이 비밀리에 만드는 여자 아이돌 그룹이라니. 썬더 세븐 팬들이 알았다면 난리가 났을 거다. 혹시라도 우리 오빠들과 연습생이 사랑에 빠지기라도 할까 봐. 내가 하면 로맨스지만 남이 하면 안 된다. 레인 오빠가 솔로로 곱게 늙어 죽는 한이 있더라도. 소속사에서는 사내 연애 금지 조항이 있다고 하지만 매일같이 연습하다 보면 정이 들 수밖에 없을 거다. 대화 한 번 나누어 본 적 없는 사이인데도 이렇게 레인 오빠에 대한 일방적인 사랑이 싹트는 판에. 그래서 드리미 팬들과 우리 팬들이 서로 자기 아이돌 단속 잘하라며 경계하기도 했었다.

그랬는데, 이제 내가 바로 그 '여자 아이돌' 연습생이 되려고 한다니.

당당하게 윈윈에 들락거릴 나를 상상해 보았다. 물론 비밀 프로젝트니까 대놓고 자랑은 못 하겠지만, 윈윈 건물 안의 공기를 마시면 나는 분명 다른 존재가 될 것이고, 그런 건 티 내지 않아도 다 티가 나는 법이다.

밑져야 본전이다. 진자룡은 이 운명을 끊는 일에 진심이지만, 나는 레인 오빠를 만나는 것에 더 진심이다.

복고풍 춤을 추면서 꾸밈없는 목소리로 노래 부르기. 힘을 뺀 듯 넣은 듯 자연스럽게. 진자룡이 열성적으로 가르쳐 준 그대로 오늘도 잘 따라했다.

물론, 마음만.

"야! 그건 탈춤이라고! 흐느적거리지 마!"

진자룡이 꽥 소리를 질렀다.

"너 자꾸 잔소리하면 먹귀한테 보낼 거야!"

나도 지지 않았다.

넌 마이클 잭슨이고 난 전봇대다

지옥의 과외는 그 후로도 계속되었다. 귀신은 인권의 개념을 모르는 게 분명했다.

"아, 진짜 몸치네. 전봇대냐? 박자가 어떻게 그렇게 되냐. 자, 봐봐. 오른발 먼저 나가고 반 템포 쉬고 왼발 뒤로 빼고, 원투쓰리, 오른팔, 왼팔 이렇게."

"너야 재능이 있으니까 잘 되는 거지. 그냥 딴 곡 하면 안 돼?"

진자룡이 나에게 연습시키는 건 '이 꿈에서 깨고 나면'이라는 노래인데, 20년 전에 크게 히트한 디스코곡이라고 했다. 그걸 리메이크해서 레트로의 데뷔곡으로 삼을 거라고 알려 주었다.

"이건 역대급 시크릿이야. 이런 족집게가 어딨어? 내

가 나 같은 스승을 만났다면 오디션 역사를 새로 썼을 텐데. 몸치 제자여, 듣고 있나."

"안 들립니다, 스승님."

진자룡이 한숨을 쉬었다.

"이승과 저승을 오락가락하다 보니 기억이 흐려지고 있다고. 내가 안무 한 동작이라도 잘 기억하고 있을 때 제발 좀 배워 봐. 팀장님이 무조건 만점 주실 거라니까."

"캐스팅이나 되고 나서 할래."

"그럼 늦어. 특히 너 같은 몸치 박치는 벼락치기로 배운다고 되는 게 아니거든."

"어휴, 레인 오빠만 아니었으면 내가 벌써 관뒀다."

그나마 '레트로'가 댄스 비중이 적은 그룹인 게 다행이었다. 실제로 내가 아이돌로 데뷔할 확률이야말로 바다에서 민들레가 꽃을 피울 확률이지만 가장 밑바닥 연습생으로라도 들어가려면 진자룡이 알려 준 콘셉트에 충실히 따르는 게 최선이었다.

진자룡은 방울 토마토에 닭가슴살만 먹고 녹차에 레몬과 설탕을 넣은 음료를 1.5리터짜리 페트병으로 두 통씩 마시면서 매일 네 시간 운동하고 다섯 시간 춤 연습하고 세 시간 보컬 연습을 하고 다시 복습, 복습 하며 살았다고 했다. 꿈을 위해 지옥에 가까운 시간을 견디면서 매일 이를 갈았다고 했다. 무대에 서겠다는 목표 하나로.

가끔 진자룡이 음악에 대해 말할 때 보면 꿈이 없는 어른보다 백배는 나았다. 더 진지하고 성숙한 생각을 가졌다는 게 느껴졌다. 열다섯 살 소년의 탈을 쓴 노인이 아닐까 싶을 정도로.

나는 뻣뻣한 몸으로 열심히 배웠다. 내 영혼을 빨간 머리 외국인에게 맡길 수는 없으니까 죽을힘을 다해 춤을 익혔다. 진자룡도 내 영혼과 결혼하지 않으려고 죽을힘, 아니 이미 죽었으니까, 저승의 힘을 다 써서 나를 도왔다.

콘셉트를 훤히 꿰고 있는 진자룡 덕에 동작을 하나씩 배울 때마다 마치 내가 진짜 레트로 멤버가 된 것 같은 착각이 들긴 했다. 밤마다 춤을 배우고, 낮에는 복습했다.

문제는 다시 밤이 오면 모든 동작을 잊고 멍하니 서 있게 된다는 거다. 자꾸 머릿속에 딴생각이 가득 찼다. 괜히 가슴이 울렁거리고 밥맛도 없었다.

오늘도 진자룡이 자기 머리를 자꾸 쥐어뜯었다. 저러다 대머리 되겠다 싶을 만큼.

"왜! 왜 안 되냐고! 자, 봐봐. 이렇게 팔 뻗고, 새끼손가락부터 하나씩 접고, 턴 하고, 검지부터 다시 펴는 게 어려운 동작이냐? 똑같은 동작을 정확히 마흔네 번 가르쳤다!"

"그걸 세고 있었냐. 치사하게."

"어떤 몸치도 이 정도 가르치면 동작을 익힌단 말이야. 모든 동작은 네 배 느리게, 두 배 느리게, 원래 속도로, 두 배 빠르게, 이렇게 반복해서 가르치면 다 하게 되어 있어. 안무 쌤이 그랬어."

"그 쌤이 뭘 잘못 가르쳤네. 나 같은 애들도 있는 거라고."

"너도 하면 돼!"

"원래 뭐든 잘하는 사람들은 못 하는 사람을 이해 못 해. 기준치가 높으니까."

"기준이고 뭐고, 이건 그냥 쉬운 안무라니까. 레트로는 칼 군무 타입이 아니라서 찌르기랑 턴만 잘하면 된다고. 포인트를 느낌 있게 살리는 거야. 다시 봐봐, 응?"

나는 에라, 하고 침대에 벌러덩 드러누웠다. 두 팔을 쫙 펼치고 힘없이 천장을 바라보았다. 바닥과 한몸이 되어 꿈쩍도 하지 않았다.

"레인 형 실물이 얼마나 잘생긴 줄 모르지? 너 1미터 안에서 1분 이상 본 적 없지? 가까이에서 보면 네가 아는 것 이상이야. 그 형은 인간계가 아니라고. 형 만나고 싶지 않아?"

진자룡은 내가 무슨 말에 움직이는지 잘 알고 있다. 땡땡이 좀 치려고 할 때마다 한껏 누그러진 말투에 달콤한 미래를 담아 건넨다.

하지만 오늘은 좀 달랐다. 그런 말조차도 나를 일으키지 못했다.

"알아. 근데 기분이 안 좋아."

"왜?"

"글쎄. 귀신은 절대 알 수 없는 게 있어."

진자룡이 내 표정을 오래 살피더니 침대 귀퉁이에 털썩 앉았다. 레인 오빠 예찬으로도 잔소리로도 나의 의욕을 돋울 수 없다는 걸 깨달은 얼굴이었다.

"잊었나 본데, 나도 사람이었던 때가 있어."

15년 동안 사람이었지, 참. 진자룡도 이승에서 나처럼 따뜻한 피가 도는 존재였다는 걸 자꾸 잊게 된다.

"그럼 너도 알겠네. 아무것도 하고 싶지 않은 이 마음."

"알지, 그 무기력함. 연습생들이 얼마나 자주 상담을 받는 줄 알아?"

"상담도 받아? 윈윈에 들어가기만 해도 매일 특별한

기분이 들 것 같은데."

그러자 진자룡이 고개를 저었다.

"우리는 매일 불확실한 미래와 꿈을 저울질하면서 살거든. 언제 데뷔하게 될지, 데뷔해서도 사랑받을 수 있을지, 사랑받아도 그걸 계속 유지할 수 있을지 아무것도 알 수 없잖아. 그런데도 춤추고 노래하는 게 좋아서 내 시간을 몽땅 갈아 넣고 인생을 거는 거야. 그게 얼마나 무서운 일인데."

"하긴 그렇겠다."

오디션을 통과하고 데뷔를 한다 해도 쟁쟁한 아이돌 그룹 중에 살아남아야 하니, 하루하루가 처절한 전쟁터 같을 것이다.

"그래서 윈윈에는 전문 상담사가 있어. 불안하고 힘들면 그걸 담아 두지 말고 다 쏟아내 버려. 그러고 나면 다시 힘이 나더라."

"알아. 나도 상담받아 봤거든."

엄마가 나를 떠났을 때 나는 해삼처럼 지냈다. 바닷속 깊은 바닥에 가만히 누워 아주 조금씩 자라면서 귀를 닫고 입을 다물고 그렇게. 내가 수면 위로 헤엄쳐 갈 수 있게 해 준 건 레인 오빠가 작사한 노래였다. 제목이 '내가 돌이 된다면'이었다.

> 나는 돌이 되었으면 좋겠어. 아주 작은 돌이 되어서, 누구의 눈에도 띄지 않아서, 눈물도 들키지 않도록 슬픔이 번지지 않도록. 난 가만히 있을 거야, 나를 건드리지 마. 나를 사랑하지 마. 나는 돌이 될 거야. 아주 작은 돌이 되어서, 단단하게 세상을 살 거야.

노래가 끝날 무렵에 시원한 파도 소리가 들린다. 나는 그 파도가 소금 덩어리가 된 내 심장을 씻어 주는 것만 같았다. 음악이 나를 위로해 준 첫 순간이었다.

엄마도 어쩌면, 그런 첫 순간을 잊지 못한 게 아닐까. 엄마의 꿈은 지금쯤 이루어졌을까. 진자룡처럼 인생을 통째로 걸 만큼의 꿈이라는 게 나에게도 생길까.

"마음이 복잡해."

나는 벌러덩 누운 채로 침대 귀퉁이에 앉은 진자룡을 올려다보며 말했다. 녀석이 허벅지에 두 팔꿈치를 대고 턱을 괸 채 나를 물끄러미 보았다.

"무슨 일인데?"

이솜이가 오늘 무경이한테 고백했다 거절당했다. 이솜

이는 너무 울어서 눈이 퉁퉁 부은 채로 조퇴해 버렸다. 다인이는 학교를 마치자마자 이솜이네 집에 가서 위로해 주자고 했지만 나는 오늘 세 시간밖에 못 잔 상태여서 도저히 그럴 수가 없었다. 이솜이네 집으로 가는 동안 기절할지도 몰랐다.

"이솜이 진짜 안됐어. 지금 물도 한 모금 못 마시겠대."

다인이가 말했다.

"무경이를 그 정도로 좋아하는 줄은 몰랐는데. 이솜이, 많이 힘들겠다."

"근데, 진짜 몰랐어?"

다인이가 갑자기 나를 흘겨봐서 기분이 상했다. 나는 그게 무슨 소리냐고 물었다.

"한 달 내내 이솜이가 무경이 얘기만 했잖아. 고백할 거라고 며칠 전부터 난리였고."

"그건…."

톡 내용을 자세히 읽지 않아서 고백하기로 한 날이 오늘인 줄은 몰랐다. 자고 일어나면 밀린 톡이 수백 개가 넘어서 아침마다 권장 도서를 한 권씩 억지로 읽는 것 같았다. 대부분의 톡은 그냥 넘어갔다. 대화에 참여도 거의 못 했고 하더라도 타이밍을 놓치기 일쑤였다.

"미안해. 못 도와줘서."

"무경이랑 너랑 맨날 붙어 다니니까 이솜이가 끼어들 틈이 없대."

"우린 오래된 친구일 뿐이야."

둘 다 키가 1미터도 안 될 때부터 친구였다.

"알지. 이솜이랑 나랑 처음에는 너하고 무경이가 썸 타는 줄 알았거든. 근데 내가 슬쩍 무경이한테 물어보니까 무경이가 좋아하는 이상형이 너랑 완전 반대더라고."

"그런 것도 물어봤어?"

"내가 총대 멨다니까. 이솜이 도와주려고."

"무경이 이상형이 어떤 사람인데?"

"잘 모르던 사람이 좋대. 낯선 사람이라 그랬나? 아무튼, 오래 알던 사이는 이성으로는 안 보인다는 거겠지."

나는 무경이에게 그런 걸 물어본 적이 없었다.

"낯선 사람?"

"어, 그래야 무경이 가슴이 두근거릴 거 아냐. 근데 완전히 낯선 건 또 싫대."

"역설법이냐. 낯설지만 낯설지 않은 여자라니."

"그래서 이솜이한테도 희망이 있다고 알려 줬지. 이솜이는 무경이랑 이제 알아 가는 사이잖아. 충분히 낯설지.

하지만 생판 모르는 사이는 또 아니잖아. 가족처럼 편한 친구는 아닌 거니까.”

그랬는데 이솜이가 마음이 급했는지 서둘러서 실패했다는 거였다.

‘가족처럼 편한 친구’라는 말이 왠지 가슴을 쿡 찔렀다.

“이솜이, 그래도 포기하지 않을 거래.”

이솜이가 뭘 포기하는 건 본 적이 없긴 하다.

이솜이는 사귀고 싶은 남자를 한번 찍으면 어떻게든 자기 남자 친구로 만드는 재주가 있다. 작년에도 다른 학교 오빠까지 합쳐 세 번 연애를 했는데, 셋 다 이솜이가 싫증 나서 헤어졌다. 아마 이솜이가 고백에 실패한 첫 상대가 바로 무경이일 것이다.

“이솜이면 가능하지.”

내가 말했다.

“너도 무경이한테 한번 물어봐. 고백 왜 거절했는지. 그거 물어볼 수 있는 사람이 너밖에 없어.”

“알았어. 물어보고 알려 줄게.”

다인이는 이솜이네 집으로 가고 나는 공원을 가로지르는 동안 무경이한테 톡을 보냈다. 이솜이의 고백을 왜 찼는지 물어보았다. 그러자 한참 만에 답장이 왔다.

– 아이스크림 먹을래?

하여간 싱겁기는.

몇 번 더 물었지만 무경이가 계속 말을 돌렸다. 이솜이한테 약간이라도 마음이 있는지 말해 달라고 했지만 무경이는 비밀이라고 했다.

나는 다인이한테 들려줄 말을 거짓으로 지어낼 수밖에 없었다.

– 이솜이가 갑자기 고백해서 무경이가 놀랐대. 무경이는 이솜이가 자기 좋아하는 것도 몰랐다나 봐. 참 눈치 없지? 원래 좀 그런 애야. 이솜이가 싫다거나 마음에 안 들거나 그런 건 아니야.

그러자 다인이가 '그럼 그렇지, 우리 이솜이를 누가 마다해? 이솜이가 그러는데 무경이가 분명 자기한테 호감을 보였대. 그래서 용기 내서 고백한 거지' 하고 답장을 보냈다.

– 근데, 너 내가 대나무 같다고 한 건 무슨 뜻이었어?

나는 무경이에게 하나 더 물어보았다.

– 대나무는 서로 적당한 거리가 필요하잖아. 바람 세게 부는 날 부딪쳐도 부러지지 않을 정도의 간격. 그래야 서로 오래 보는 거야.

나는 집에 와서 혼자 저녁을 먹었다. 그러다가 갑자기 몸에 힘이 빠지고 가슴이 답답해졌다. 아무것도 하기 싫고 세상에 나 혼자 남은 기분이 들었다.

"그게 다야. 별일 없었지."

"내가 한국 와서 마음고생 많았을 때 나한테 잘해 준 연습생 누나가 있었어. 나보다 두 살 많았는데, 맛집에도 자주 데려가고 생일도 챙겨 준 누나였어. 춤도 잘 추고 노래도 잘했는데 운이 안 따랐지. 매번 데뷔조에서 미끄러졌거든. 그 누나는 5년 버티다가 나갔는데 이상하게 그 누나가 안 보이는 날부터 몸에 힘이 쭉 빠지더라."

"그랬어?"

"응. 한동안 밥도 못 먹고 잠도 잘 못 잤어. 형들이 그러던데 그게 마음을 잃는 병이라더라. 난 어려서 잘 몰랐던 거지."

"마음을 잃는 병?"

"내가 누나를 좋아했던 거래. 나는 내 마음을 몰랐던 거고."

나는 피식 웃었다.

"세상에 자기 마음을 모르는 사람도 있냐. 남의 마음은 몰라도."

진자룡이 나를 물끄러미 보았다. 길고 짙은 속눈썹이 눈동자에 깊은 그늘을 만들었다. 그래서 녀석의 말에 빨려들어갈 것만 같았다.

"한 번도 사랑을 해 본 적 없는 사람이면 그럴 수 있지. 이 모—솔아!"

"사랑이 뭔지는 나도 알아. 레인 오빠에 대한 내 마음을 모욕하는 거냐!"

나는 자리에서 벌떡 일어났다. 약이 올랐다. 이솜이처럼 한순간에 타오르는 마음 같은 건 가져 본 적 없지만, 레인 오빠에 대한 한결같은 내 사랑은 진짜다. 고백해도 들어 줄 리 없는 사랑이라서, 너무나 가능성이 희박한 사랑이라서, 이솜이의 고백 사건에 자극받아 도리어 힘이 빠진 게 아닐까.

"모—솔! 모—솔!"

나는 베개를 들고 진자룡을 쫓아다녔다.

"풀스윙하는 거 보니 이제 힘이 나나 보네. 자, 이제 연습! 연습하자! 네 사랑 정지우를 만나려면!"

진자룡이 공중으로 도망가서 혀를 날름거렸다.

하지만 한 시간 후 우리는 둘 다 침대에 드러누워야 했다. 체력과 정신력이 금방 소진됐다.

"다른 방법 찾아보라니까. 어떻게 이런 희박한 가능성을 믿고 나를 오디션에 보낼 수 있냐? 실패하면 어쩌려고?"

괜히 찔리는 마음에 목소리가 커졌다.

정말 이 방법이 먹히지 않는다면 어떡해야 하나. 무대에 오르자마자 "땡! 탈락하셨습니다!" 할 수도 있는데. 아니, 로드 캐스팅 자체가 안 될지도 모르는 거 아닌가. 만약 원원 기획사에 들어가지 못한다면 무슨 수를 써서 레인 오빠를 만나고, 진자룡이 말한 대로 사주 종이가 든 붉은 봉투를 무효화할 수 있을까. 드론으로 택배도 받는 21세기에 이 무슨 고전적인 방법이람.

어차피 저승 가면 친구도 없을 텐데, 그냥 운명을 받아들일까? 힐끔 진자룡의 얼굴을 보았다.

"몇 번을 말해? 다른 방법이 있으면 진작에 내가 했

지. 그런데 없단 말이야. 이게 유일한 길이라고. 내가 밤마다 여기 와서 내 시간 낭비해 가며, 몸치인 너를 가르쳐 가며 이 아까운 시간을 쏟아붓는데, 너도 양심이 있으면 좀 실력이 늘어야 하는 거 아니냐?"

진자룡은 운명을 받아들일 생각이 없는 게 분명했다. 뒷골이 쑤셔 뒤통수에 손바닥을 대고 문질렀다. 머리카락이 자꾸 삐죽 솟구치는 것 같았다.

"넌 저승에 가 버리면 그만이지만 난 여기서 계속 살아야 돼. 나는 살아 있는 존재라고. 밤마다 이렇게 아빠 몰래 연습하는 건 쉬운 일인 거 같니? 학원 숙제도 해야 하고 인터넷 강의도 들어야 하고 할 일이 태산인데. 이솜이, 다인이랑 셋이 놀아본 게 언제였는지 기억도 안 나. 나 이러다 왕따 될지도 몰라."

"하지만 저승에서 우리가…."

나는 진자룡의 말을 끊었다.

"솔직히 말해서, 영혼 같은 거 나 죽고 나서나 걱정할 일 같거든? 내 나이에 누가 저승 걱정을 하냐? 너, 나 퀭해진 거 안 보여? 지금 누가 귀신 페이스인지 헷갈릴 정도야."

"누가 그 봉투 주우라고 했냐!"

"그런 봉투인 줄 내가 알았냐!"

또 반복되는 티키타카.

진자룡이 씩씩 숨을 내쉬었다. 핏기라고는 없는 얼굴에 분노를 담으니 시퍼런 얼굴이 되었다.

안방 문이 열리는 소리가 들렸다. 나는 얼른 이불 속으로 들어갔다.

"나는 하루에 네 시간만 자고 춤 연습, 노래 연습했어. 만약 그때 나처럼 이렇게 지도해 주는 사람이 있었다면 난 고마워서 어쩔 줄 몰랐을 거야. 특히나 그 사람이 윈윈 기획사 출신의 데뷔조 멤버였다면 모든 걸 걸고 배웠을 거라고. 그럼 내 꿈도 더 빨리 이뤘을 거고. 근데 넌, 쉽게 기회를 잡아 놓고 고작 며칠 연습하면서 이렇게 짜증을 내는 게 말이 돼?"

"그건 네 꿈이지, 내 꿈이 아니거든."

나는 이불 속에서 속삭였다.

"네 꿈이 될 수도 있잖아. 해 봐야 아는 거 아니야? 어떻게 그게 네 꿈이 아니라고 단호하게 말할 수 있어?"

나는 할 말이 없었다. 꿈을 꾸어 본 적이 없는 사람이니까.

"사람들 앞에서 공연하는 게 얼마나 매력적인 일인지,

사람들이 내 목소리를 듣고 환호해 주는 게 얼마나 행복한 일인지 넌 몰라. 그렇게 많은 사람들한테 사랑받는 일이…."

하지만 너는 너고 나는 나지. 넌 재능이 있고 난 재능이 없어. 넌 꿈이 확실하지만 난 그렇지 않아. 모든 청소년이 다 너처럼 사는 건 아니야.

진자룡은 마이클 잭슨 춤을 추고 원윈 오디션에 뽑혔다고 했다. 나는 반세기 전의 가수를 진자룡이 알고 있는 것만으로도 놀라웠다.

베일에 싸인 여섯 번째 멤버, '하우'답게, 춤을 출 때 진자룡은 완전히 다른 사람으로 변했다. 집중해서 동작 하나하나를 정확하게 추었다. 몸치인 내가 봐도 강함과 부드러움이 둘 다 느껴지는 춤이었다.

음악을 틀지 않아도, 귓속에 저장된 노래들이 자동 재생되기라도 하듯 춤을 멈추지 않았다. 발이 꼬이지도 않고 균형에 흐트러짐도 없었다. 손가락 끝까지 힘 조절을 해서 마디마디가 다 하나의 강렬한 선이 되었다. 오뚝한 콧날의 옆모습과 춤선이 어우러졌다. 나도 모르게 한참 감상할 수밖에 없는, 아름다운 몸짓이었다.

진자룡 저 녀석, 데뷔할 수 있었다면 톱스타가 되었을

거다. 무대에 올라 손만 한번 흔들어도 모두가 집중하게 되는 그런 스타. 해외 투어를 다니고 팬들의 선물이 방 한가득 차오르고 모자와 마스크를 쓰고 걸어도 모두가 알아보는 그런 사람. 손만 잡아도 열애설이 터지고 입은 옷은 다음 날 죄다 동이 나고 팬픽이 쏟아지고 굿즈가 수백 개인 스타. 하고 싶은 것을 하면서 모든 것을 얻고 더 이상 올라갈 곳이 없어 자기 자신이 목표인 존재. 나는 상상해 본 적이 없는, 발을 디딜 엄두도 나지 않는 세계를 꿈꾸던 진자룡.

"넌 왜 여기 있어?"

내 말에 진자룡이 이불 속에서 눈을 껌벅거렸다.

"아, 나도 모르게 그만."

"자꾸 사람인 척하지 말라고."

나는 돌아누웠다.

"거 귀신 차별 좀 하지 맙시다."

진자룡이 등 뒤에 대고 계속 투덜거렸다. 내가 아무것도 안 들리는 척하면 궁금하게 대만 말로 중얼거리기까지 했다.

무경이의 뺨

새벽 네 시까지 춤을 추었더니 수업에 집중할 힘이 남아나지 않았다. 물론 힘이 넘쳤을 때에도 공부를 잘한 건 아니었지만.

대각선 앞자리에 앉은 다인이가 나를 보는 눈길이 따갑게 느껴졌다. 쉬는 시간이 되자 이솜이가 교실로 들어와 보란 듯이 다인이를 데리고 복도로 나갔다. 둘이 깔깔 웃는 소리에 귀를 기울이고 있는데 무경이가 내 옆자리에 앉았다.

"박 여사, 오늘도 눈이 퀭하구려."

무경이가 에너지 음료를 건넸다.

"어, 고마워."

나는 엎드린 채 입술을 겨우 움직여 말했다.

"어제 왜 수학 학원 안 왔어? 연락도 안 받고 톡도 안 읽고."

"어제? 나 어제 학원 안 갔나? 간 거 같은데. 아닌가…."

톡을 읽은 기억도 없다.

"꿈에서 갔나 보네. 선생님이 너희 아빠도 전화를 안 받는다고 뭐라 하던데."

아빠는 출장에서 오늘 돌아온다. 돌아와도 씻고 자기 바빠서 코 고는 소리로만 존재를 알린다. 그 와중에도 SNS는 멈추지 않지만. 가장 최근에 본 해시태그는 이런 거였다.

#외롭다 #우주에_나_혼자 #나는_사랑_고픈_오춘기

다 큰 어른도 외로움을 탄다면 인간의 진화가 잘못된 방향으로 진행된 게 아닌가 생각했다. 사랑하고 가족을 만들고 유전자를 남기는 데 성공했으면, 사랑 같은 건 좀 덜 고파야 하는 거 아닌가.

그런 생각 끝에 진자룡을 떠올렸다. 녀석, 외롭지 않을까? 영혼의 짝도 없이 끝없는 세월을 고독하게 살아가려

하다니. 그건 용기일까, 무모함일까. 그 정도로 내가 싫은가. 내가 귀신이라면 혼자 죽은 게 억울해서라도 파혼에 매달리진 않을 것 같다. 누구라도 저승에 좀 와 달라고 빌었을지도 모른다.

"얘 봐라. 또 멘탈이 나가네."

무경이가 내 눈앞에서 자기 손을 휘휘 저었다.

"개학한 지 2주가 넘었는데 왜 아직도 시차 적응을 못 하냐."

"벌써 그렇게 됐어? 오늘이 며칠인데?"

어제가 오늘 같고 오늘이 내일 같다. 나는 나 같지 않고 내가 누군지도 모르겠으며 오늘이 며칠인지도 지구가 자전하는지도 모르겠다. 밤 열두 시와 진자룡의 잔소리, 레인 오빠에 대한 판타지만 있다.

"9월 1일."

숫자가 익숙했다. 무슨 날이었던 거 같은데. 뭔가 해야 할 것 같은데. 무의식이 그렇게 외치고 있었다. 하지만 기억이 나지 않았다. 그저, 빨간 봉투를 주운 지 4주가 넘었고, 49일까지 이제 약 3주 정도 남았으며, 아직 진자룡의 기준에 부합하는 청청 패션을 찾지 못한 데다, 북청사자 탈춤 전수자가 된 것 같다는 생각만 머릿속을 채웠다.

"망했어."

나도 모르게 중얼거렸다.

"뭐가? 이거 마시고 일단 사람의 꼴부터 갖추자. 지금은 완전 귀신 같아."

무경이가 에너지 음료 캔 뚜껑을 따서 내 팔꿈치 근처로 밀었다.

"어어. 귀신이랑 노니까 귀신 같아지는 게 당연하지."

나는 미친 사람처럼 피식 웃었다.

"뭐래."

"오늘 학교 마치고 나랑 골동시장 갈래?"

길치인 내가 혼자 거기 갔다가는 또 길을 잃고 빨간 봉투 백만 개를 주울 것 같았다.

"거긴 왜?"

"구할 게 좀 있어서. 골동시장은 금토일만 열리는데, 이번 주말에는 내가 일이 있어서 오늘밖에 시간이 없어."

이번 주말에는 로드 캐스팅을 '당해야' 한다. 그러니 꼭 오늘까지 옷을 마련해야 하는 것이다. 그동안 중고로 사 모은 청청 패션이 벌써 몇 벌인지 모른다. 하지만 진자룡은 그걸 다 헌옷수거함에 갖다 버리라며 고개를 저었다. 아빠도 내 방 여기저기에 늘어놓은 옷들을 보고 고개를 절레절레 저었다.

"수학 학원 여덟 시까지 가야 하는 거 알지?"

"나… 수학 학원도 다녀?"

자리에서 일어났던 무경이가 심각한 눈으로 나를 내려다보았다.

"농담이야."

내가 웃자 그제야 무경이도 따라 웃었다.

"그거 마시고 정신 차려."

무경이가 자기 자리인 맨 뒤쪽으로 가자 다인이가 자리에 돌아왔다. 나를 힐끔 보더니 작은 목소리에 충분한 날카로움을 담아 말을 뱉었다. 내가 제대로 들었다면, '눈치도 없는 배신자'라는 말이었다.

하지만 잠이 부족해서 정신이 몽롱한 탓에 뇌의 뉴런들이 일을 하지 않았다. 나는 '뭐라 하든 말든' 하는 마음으로 다시 엎드렸다. 에너지 음료는 조금도 나의 멍한 세포들을 깨우지 못했다.

골동시장은 입구부터 정신없었다. 검색해서 알아본 바로는 빈티지 소품이나 의류, 골동품 들을 주로 취급하는 시장이라고 했다. 그래서인지 타임머신을 타고 수십

년을 거슬러 온 것 같은 분위기였다. 놋그릇과 찻잔, 알록달록하고 정체를 알 수 없는 소품 들이 가게마다 쌓여 있고, 바람이 불 때마다 비 오기 전 교실에서 나는 냄새와 비슷한 냄새가 거리를 메웠다.

"와, 저거 레코드판이야. 실제로는 첨 봐."

무경이가 '음악 쌀롱'이라는 가게 안을 유리 너머로 보며 말했다. 그 안에는 줄이 길고 귓구멍에 넣는 부분이 자갈처럼 큰 이어폰부터 '전축'이라는 이름표가 달린 커다란 가전제품까지 다양한 물건이 있었다.

"저건 드라마에서 본 거야."

나는 작고 네모난 것을 가리키며 말했다.

"어떤 거?"

무경이가 손으로 이마에 그늘을 만들고는 유리에 얼굴을 바짝 붙였다.

"카세트 플레이어라고 적힌 거. 테이프라는 걸 넣어서 음악을 들었던 거래."

"옛날 사람들은 주머니가 엄청 커야 했겠네. 저걸 넣어 다니려면. 테이프도 여러 개 들고 다녔을 거 아냐?"

나는 엄마와 함께 드라마를 보면서 수다 떨던 순간을 떠올렸다.

엄마는 카세트 플레이어로 음악을 들으면 한 곡 한 곡을 밥알 씹듯이 씹어 삼킬 수 있다고 했다. 가사 한마디, 멜로디 한 구절이 가슴속으로 들어오는 순간이 좋아서, 강변 벤치에 앉아 몇 시간씩 음악을 들었다고. 그래서 테이프 안에 든 릴이 늘어져 음악이 느려졌다고 했는데, 나는 음악을 여러 번 들었다는 이유로 어떻게 노래 자체가 느려질 수 있는 건지 이해가 가지 않았다.

가게 안에 있던 아저씨와 눈이 마주치는 바람에 괜히 놀란 내가 고개를 옆으로 휙 돌렸다. 그러다가 무경이 볼에 입술이 스쳤다. 순식간이었다. 무경이가 이렇게 가까이 서 있는 줄 미처 생각하지 못했던 탓이다. 언제는 대나무처럼 간격이 필요하다고 하더니.

"…."

"…."

기분이 이상했다. 어릴 때부터 무경이와 손 잡은 적도 많고 거의 헐벗고 같이 뛰어논 적도 많았다. 무경이한테 업힌 적도 있고 내가 업어 준 적도 있었다. 머리카락을 잡고 싸우다가 뒤엉켜 넘어지거나 목덜미에 팔을 두르고 조르며 놀기도 했다.

그런데 이건 달랐다.

무경이의 오른쪽 뺨이 한 대 맞은 듯 벌게졌다.

"뭐, 뭘 산다고?"

무경이가 내 눈을 보지도 않고 말했다.

"아, 청자켓이랑 청바지. 색이 좀 바래고 옷깃까지 빈티지한 걸로 준비하래."

나도 잽싸게 대답했다.

"준비하래? 누가? 왜?"

"내가 그렇게 말했어?"

"응."

"누가 시킬 리가 있냐. 그냥 뭐, 내가 패션에 갑자기 관심이 생겨서."

"드디어 꿈이 생겼냐."

무경이가 손을 들어 내 머리를 쓰다듬으려다 말고 공중에 멈추더니 로봇처럼 어색하게 손을 내렸다. 손을 주머니에 넣었다가 뺐다가 주먹을 쥐었다가 폈다가 하며 틱 환자처럼 분주하게 굴었다.

무경이가 시장 지도를 검색해서 빈티지 패션 의류 파는 곳을 찾아가느라, 아까의 사건 아닌 사건은 잊혔다. 우리는 다시 수다를 떨면서 골목 골목을 헤집으며 '구제 전문' 간판이 달린 가게를 찾았다. 나는 거기서 한눈에도 멋스러움이 흐르는 청자켓과 청바지를 발견했다. 그걸 세트로 입을 용기는 없었지만.

데님 원단은 다 거기서 거기인 줄 알았는데 지금까지 샀던 것과 전혀 다른 색감과 결을 가진 옷이었다. 바느질도 꼼꼼하게 되어 있고 단추나 지퍼, 옷깃과 소매가 모두 자연스러우면서 세련된 느낌을 주었다.

"이건 여배우가 입었던 옷이에요. 톱스타는 아니지만, 지금까지도 꾸준히 영화에 나오는 분이죠. 내가 그때 그분 스타일리스트였거든요. 스타일리스트 개념도 없던 시대에, 내가 쫓아다니면서 옷 만들어 입혔죠. 얼마나 감각적이었는지 몰라, 내가."

가게 주인은 과장된 손짓을 하며 옷걸이에서 옷을 벗겼다. 그러고는 청자켓을 입혀 주었다.

"어머, 학생 옷태가 워낙 좋아서 딱이다, 정말. 이런 구제 어울리기 쉽지 않은데."

"감사합니다. 제가 이런 스타일 구하느라 고생 좀 했어요."

"그 여배우랑 몸매나 분위기가 비슷해요. 학생, 연예인 할 생각 없어요? 잘 어울릴 거 같은데."

주인은 감탄사를 연달아 뱉었다. 전신 거울에 비친 내

모습은 내가 봐도 괜찮았다. 데님의 차분한 톤이 꽤 잘 어울린다는 생각이 들었다.

"얘가요? 연예인은 아무나 하나요."

옆에서 무경이가 풋, 웃는 바람에 천장을 뚫고 올라가려던 자존감이 슬금슬금 내려왔다. 웬일인지 다시 무경이의 뺨이 붉어지고 있었다.

우리는 가게를 나와 조금 더 돌아다니면서 스카프와 물방울무늬 머리띠도 샀다. 무경이는 그때마다 놀려 대면서도 나보다 더 열과 성의를 다해 소품을 골라 주었다. 모든 쇼핑을 끝내고 나니 수학 수업까지 시간이 빠듯하게 남았다.

무경이가 준 에너지 음료의 효과가 이제야 나타나는지, 정신이 맑아지기 시작했다.

그러자 잊었던 숫자가 퍼뜩 머릿속을 스쳐갔다.

"오늘 9월 1일이랬지?"

나는 길 한복판에 우뚝 서서 큰 소리로 물었다.

"응. 왜? 무슨 날이야?"

"어떡해."

"왜?"

"오늘 이솜이 생일이야!"

어쩐지 숫자가 마음에 계속 걸리더라니.

나는 휴대폰을 꺼내 어제 내가 못 읽은 톡을 한꺼번에 확인했다.

– 내일 수학 학원 가기 전에 6시 생파! 스노 파티 카페에서 봐! 내가 파스타 쏜다!

이솜이가 톡을 화면 맨 위에 고정해 놓았는데도, 나는 그걸 못 봤다. 새벽까지 진자룡과 티키타카 하다 춤추고 잔소리 듣고 반발하다 또 연습하느라 읽지 못했다. 솔직히 요즘 내 인간관계는… '인간' 하고의 관계는 거의 끝났다고 봐야 한다.

벌써 7시 30분이니, 파티는 끝났을 것이다. 작년에도 이솜이 생일에 다인이와 나, 친구들 몇이 더 모여서 파티룸에서 게임하고 노래 부르고 즉석 사진을 찍으며 재밌게 놀았다. 그 파티 카페는 청소년 할인율이 커서 우리가 자주 가는 곳이기도 하다.

나는 얼른 이솜이 SNS에 들어가 보았다.

"망했어."

이솜이, 다인이, 다른 친구들 셋이 찍은 사진 아래 해시태그가 달려 있었다.

#내_진짜_친구들! #오자매 #우리끼리_재밌게

가슴이 철렁했다. '진짜'라는 말은 나를 겨냥해 붙인 게 틀림없다.

"이무경, 너 혹시 나랑 여기 오는 거 누구한테 말한 적 있어?"

한 가닥 희망을 품고 물었다.

"응, 지혜가 어디 가냐고 물어서 너랑 골동시장 간다고 했지. 왜? 시장 가는 게 비밀이야?"

"지혜? 설마 이솜이네 반 진지혜?"

모래알만 한 희망도 사라졌다.

"맞아. 오늘따라 집요하게 묻던데?"

이솜이 파티 사진 속, 맨 끝자리에 형광봉을 들고 활짝 웃고 있는 진지혜가 보였다. 나랑은 복도에서 인사만 하는 사이지만 앞으로는 인사도 안 하는 사이가 될 게 분명했다.

이솜이가 부들부들 떨며 분노하고 있을 걸 생각하니 앞이 캄캄했다.

생일 축하 메시지조차 한 통 보내지 않고 선물도 생략, 파티를 무시한 것도 모자라 이솜이가 짝사랑하는 무경이를 데리고 쇼핑을 왔으니. 게다가 그 무경이와 함께 수학 학원 강의실에 들어가 이솜이를 봐야 할 30분 뒤의 미래를 생각해야 했다. 그러자 미래의 박여린이 소리를 질렀다.

"넌 이제 끝장이야!"라고.

난 사람이 뒤통수로도 욕을 할 수 있다는 걸 처음 알았다. 이솜이는 강의실 중간 자리에 앉아 단 한 번도 돌아보지 않았다. 수학 선생님이 10분 늦은 무경이와 나에게 지우개를 세 개나 던지는데 꼼짝도 하지 않았다. 무시무시한 뒤통수였다. 적외선 카메라로 이솜이를 찍는다면 시퍼런 에너지가 온몸에서 뿜어져 나올 것 같았다.

"너희는 글러 먹었어. 특히 너, 박여린. 넌 도대체 여길 왜 다니는 거냐? 무경이는 내신이라도 잘 받지. 너는 점수도 바닥인데 의지도 바닥이야."

"죄송합니다."

나는 꾸벅 인사하며 자리에 앉으려고 의자를 끌어당겼다. 끽, 하고 바닥이 긁히는 기분 나쁜 소리가 났다. 게다가 지하철역에서 학원까지 뛰어오느라 다리에 계속 부딪힌 종이 가방 귀퉁이가 찢어지면서 그 안에 든 청바지의 바짓단이 비죽 나왔다. 전직 스타일리스트였던 구제 가게 주인의 감각적인 컬러 매치가 적나라하게 표현된, 그러느라 내구성은 전혀 고려하지 않고 제작한 종이 가방의 나머지 부분도 주욱 찢어졌다.

이솜이만 빼고 나머지 네 명이 한꺼번에 바닥을 바라봤다. 물방울무늬 머리띠와 스카프, 청자켓과 청바지가 바닥에 널브러졌다. 모두의 얼굴에 떠오르는 물음표를 슥슥 지우고 싶은 마음을 누르며, 나는 그것들을 대충 챙겨 가방에 넣었다. 몸을 일으키자 거대한 그늘 속으로 훅 들어와 있는 것 같았다.

"옷 사느라 늦으셨다? 나를 얼마나 우습게 봤으면!"

수학 선생님이 나를 내려다보고 있었다.

"그게, 사정이 있어서요…."

모기 소리는 작지 않다. 왜 잔뜩 주눅 들어 말하는 목소리를 모기에 비유하는 걸까. 내 목소리는 그것보다 훨씬 더 작아서, 하루살이 소리도 이보다 클 게 확실하다.

"무슨 사정? 도대체 너 뭘 하고 돌아다니는 건데? 무슨 바람이 들어서 이런 걸 산다고 수업에 늦어? 왜 성실하게 공부하는 무경이까지 끌어들여서 애를 버려 놔?"

책에서 형사들이 범인한테 하는 혼합 질문에 대해 본 적이 있다. "당신, 훔친 돈으로 마약 샀지?" 하고 물었을 때 "훔친 돈 아닌데요" 하면 마약 사범이 되고 "마약 안 샀는데요" 하면 절도범이 되는 거라고 한다. 선생님이 한꺼번에 던진 질문 어느 것에도 제대로 된 대답을 할 수 없었다.

"대답 안 해?"

선생님이 오만상을 쓰더니 검지로 문을 가리켰다.

"너, 나가."

"네?"

"넌 수업 받을 자격이 없어."

선생님이 폭발하면 원장님도 막을 수 없다. 하물며 나 같은 일개 백성에게 위대한 브라만*을 거스를 묘법이 있을 리가. 나는 주춤주춤 걸음을 뗐다.

무경이가 따라 일어서려고 움찔하는 걸 내가 어깨를 꾹 눌러 앉혔다. 그 모습을 수학 선생님이 눈치 채지 못한 건 다행이었다.

* 인도의 신분 제도인 카스트에서 최상위 계층을 가리키는 말

나는 고개를 푹 숙이고 강의실 문으로 향했다. 빙어처럼 모두가 내 속을 빤히 들여다보고 있는 것 같았다. 자리에서 문까지의 짧은 거리에 지옥의 모든 단계가 있었다. 나는 숯덩이 위를 맨발로 걷고 가마솥 기름에 튀겨지면서 걸었다.

늦지 않으려고 정말 노력했는데, 발목이 시큰거리도록 뛰었는데, 다 이유가 있는데…. 패잔병이 된 기분이었다.

쓰레기를 찾아서

나는 수학 수업이 끝나는 시각인 10시 30분까지 편의점에서 소시지 하나로 버텼다. 쇼핑하는 데 한 달 용돈을 다 썼기 때문에 간식 사 먹을 돈이 없었다. 아빠한테 말하면 바로 넣어 주겠지만, 학원 원장님이 아빠한테 전화를 걸었을지도 몰라서 휴대폰을 꺼 버린 상태였다.

알바생이 내가 앉은 테이블 아래로 굳이 밀대를 들이밀며 바닥을 닦았다. 나는 책가방을 끌어안고 소시지 하나를 백만 분의 일 조각으로 쪼개어 야금야금 먹었다.

귀신은 이런 걱정 안 해도 되니 편하겠다. 학원에 안 가도 되고 친구들 앞에서 쪽팔릴 일도 없고 커서 뭐가 되어야 하나 머리 안 굴려도 되고 언제 어떻게 왜 죽나 고민하지 않아도 되니까.

집까지 백만 분의 일 걸음으로 쪼개어 걸었다. 그랬더니 밤 열한 시가 넘어서야 집에 도착했다. 집 안은 고요하고 서늘했다. 게다가 캄캄하기까지 했다. 현관 센서등이 꺼지자 방 안이 어둠 속에 잠겼다. 나는 침을 꿀꺽 삼켰다. 가만히 서서 귀를 기울였지만 코 고는 소리가 들리지 않았다.

나는 발뒤꿈치를 들고 살살 걸었다.

"왔냐."

정적을 깨는 아빠의 목소리에 깜짝 놀라 넘어질 뻔했다. 명창이 되기 직전의 소리꾼처럼 쉰 목소리였다.

"깜짝이야. 아빠, 왜 불도 안 켜고 이러고 있어요?"

궁금해서 물은 건 아니었다. 그저 아빠가 어디까지 알고 있는지 몰라서 일부러 해맑은 척 떠 본 것이었다.

"이리 와서 앉아라."

"어디…요?"

아빠가 휴대폰을 터치했는지 환한 화면이 아빠 얼굴을 비추었다. 그 바람에 얼굴이 어둠 속에 동동 떴다. 산적처럼 생긴 얼굴을 보니 미술 시간에 배운 윤두서 자화상이 떠올랐다. 속을 다 꿰뚫어 보는 듯한 매서운 눈매와 굳게 다문 입술이 정말 비슷했다. 매일 귀신을 본 나지만 지금

만큼은 아빠 얼굴이 더 무서웠다.

도톰해진 가방을 열어 볼까 봐 슬그머니 내 방 앞에 두었다. 마치 수건돌리기를 할 때처럼 조심스럽게 내려놓는데 내 심장도 같이 내려놓고 싶었다.

나는 거실 소파로 가 아빠 옆자리에 앉았다.

"아빠가 무슨 말을 할 것 같니."

아빠의 쉰 목소리에는 아무 감정도 담기지 않은 것 같았다.

이럴 땐 솔직하게 말하는 게 최선이다. 나는 근래 학원 숙제도 빼먹고 지각을 밥먹듯 했으며 레벨 테스트에서도 매번 바닥을 친 것까지 이실직고했다. 상세한 묘사와 부연 설명으로 최대한 길고 지루하게 말했다.

"그리고?"

아빠가 물었다.

담임선생님도 전화를 했나. 1교시부터 4교시까지는 개학한 뒤로부터 하루도 빠짐없이 잠들었고 급식도 먹는 둥 마는 둥 하긴 했다. 체중이 3킬로그램이나 빠졌고 눈도 퀭해졌다. 그래도 피해를 주지 않으려고 모둠 과제는 시간 안에 내 몫만큼 다 했다는 이야기까지 또 상세한 묘사와 부연 설명을 곁들여 이야기했다.

아빠는 아무 대답이 없었다. 나는 침묵을 공감과 이해의 제스처로 멋대로 해석한 뒤, 요즘 친구 관계가 어떻게 꼬였는지 또 구체적으로 들려주었다. 외로움과 정서적 허기를 부풀려 앞의 문제들을 덮으려는 의도였다.

아빠가 나를 좋은 곳에 데려간 뒤 SNS로 인증하며 아빠 역할에 자부심을 느끼는 것 다음으로 '아빠다움' 혹은 '부모다움'을 느끼는 것이 바로 고민 상담이기 때문이다. 사춘기 딸이 믿고 의지하며 인생을 논할 수 있는 상대로 대한다는 것만큼 아빠를 내심 흐뭇하게 하는 게 없다. 그래서 나는 가끔 있지도 않은 고민을 만들어 질문하곤 했다. 그러면 아빠는 진지하고 근엄하면서도 상냥하고 기쁜 얼굴로 자신이 아는 모든 해법을 알려 주었다.

"…그래서 이솜이랑 어떻게 관계를 회복해야 할까요? 아빤 이런 문제를 어떻게 해결했어요?"

아빠가 한숨을 내쉬고 또 깊이 들이마셨다.

"아빠?"

대답이 없었다.

너무 깊은 이야기까지 털어놓았나. 아니면 너무 크게 실망을 해서, 어떤 전략도 먹히지 않게 된 걸까.

다 아니었다. 성은이 망극하게, 아빠는 역시 또 깊은

수면의 바다에 빠진 것이었다. 잦은 출장과 야근이 만든 환상의 콜라보였다.

아빠를 옆으로 툭 밀자 그대로 털썩 쓰러졌다. 나는 담요를 덮어 주고 가방을 챙겨 방으로 들어왔다.

벌써 열두 시가 넘었다.

나는 여태 꺼 두었던 휴대폰을 꺼내 전원을 켰다. 톡이 50개나 밀려 있어서 혹시나 하는 마음으로 눌렀는데, 모두 무경이가 보낸 거였다. '집에 잘 들어갔냐, 나도 학원 그만둘까, 오늘 이솜이랑 둘이 걸어왔는데….' 톡을 읽다 말고 셋이서 하던 채팅방에 들어갔다.

"뭐야?"

그곳에는 나 혼자 덜렁 남아 있었다.

이솜이와 다인이는 나만 그곳에 남겨 두고 사라졌다. 아마 자기들만의 채팅방을 또 만들었을 것이다. 어쩌면 내가 아는 것보다 훨씬 더 오래전부터 그랬을지도 모른다. 머릿속이 멍해졌다.

나는 두 사람과 대화 코드도 안 맞고 노는 방식도 달랐지만 나대로 그 애들한테 맞춰 주려고 노력했다. 왜 돈 주고 고통을 사는지 이해가 안 가는 캡사이신 볶음면도 같이 먹었고 배탈 난 뒤에도 또 함께 먹어 줬다. 동전 노래방에서 내가 좋아하는 노래에 간주 점프를 하는 것도 대세라고 믿어 줬고 작년, 다 똑같이 앞머리를 자르자고 했을 때에도 반대하지 않았다. 나는 그런 소소한 것에도 내 취향 한 귀퉁이를 냉큼 접어 주었는데. 이제 와 그런 일들이 억울하게 느껴졌다.

물론 오늘 일은 내가 입이 열 개여도 할 말이 없긴 하다. 그래도 내가 해명할 기회도 주지 않고 나를 튕겨 버린 건 마음 아프고 서운했다.

“나도 너희 필요 없다, 뭐.”

이렇게 정신 승리라도 해야 마음이 덜 허전할 것 같았다.

“피곤하네. 오늘만 과외 땡땡이치면 안 되나.”

나는 진자룡이 들으라고 일부러 중얼거렸다.

“뭐, 2주 내내 고생했는데 하루쯤 쉴 수도 있지. 안 그래? 삭신이 쑤신다고. 종일 걷고 뛰었어. 게다가 저녁이라고는 소시지 하나 먹은 게 전부거든.”

아무런 대답이 없었다. 오늘은 다 같이 내 말을 씹기로 짠 걸까.

“내가 오늘 얼마나 힘들었는지 알아? 친구도 잃고 학원에서 잘리기까지 했지. 다음 주 월요일에 학교 갈 일이 벌써 걱정이야. 넌 귀신이라 이런 거 모르지? 내가 이렇게 된 데에는 자룡이 네 지분이 아주 크다는 거, 그건 알지?"

아빠의 코 고는 소리만 우렁차게 들려왔다.

"오늘 골동시장 가서 산 옷 진짜 괜찮은 거 같아. 자룡이 네가 그랬지? 세련되면서도 빈티지한 멋이 나는 청청 패션이 레트로의 콘셉트라고. 이걸 네가 보면 입이 떡 벌어질걸?"

나는 가방에서 옷을 꺼내 바닥에 늘어놓았다. 다시 봐도 제법 멋진 옷이었다. "오오!" 하고 감탄하는 소리가 나길 기다렸지만, 이상하게 조용했다.

새벽 한 시가 지났다. 진자룡이 등장할 때면 방 안의 온도가 서늘하게 내려가 모공이 내 모든 털을 잡아당기면서 정신이 번쩍 들게 만드는데, 아무리 기다려도 그런 일은 일어나지 않았다.

"내일 로드 캐스팅 받아야 하는데. 진자룡 이 자식은 어딜 간 거야."

방을 구석구석 바라보았다. 뭔가 이상하다는 생각이 들었다. 책상 위에 어질러 놓았던 문제집과 학용품이 가지런히 정리된 게 그제야 눈에 띄었다. 책상 아래 쓰레기로 넘쳐나던 쓰레기통도 깨끗하게 비워졌다. 여기저기 늘어놓았던 청청 패션도 모두 사라졌다.

아빠가 참다 참다 대청소를 하는 날이 있는데, 오늘이 그날이었던 것이다. 그렇다면…. 침대 옆을 보았다. 스탠드가 놓인 작은 탁상 위가 허전했다. 나는 자리에서 벌떡 일어났다.

빨간 봉투가 사라졌다!

"안 돼!"

탁상 서랍을 모두 열어 보았지만 아무것도 없었다. 스탠드 위에 어질러 놓았던 알림장과 프린트물, 구겨 놓은 종이들과 안절부절못할 때 씹는 컴퓨터용 사인펜 흰 뚜껑까지 싹 없어졌다.

사주가 담긴 빨간 봉투가 있어야 진자룡이 열두 시부터 내 앞에 나타날 수 있는데! 진자룡과 나를 연결해 주는 유일한 매개체인 빨간 봉투가, 한 달 내내 똑같은 자리에 있었던 그 봉투가, 어디로 간 거지?

"아빠!"

나는 거실로 달려갔다. 아빠는 그새 소파에서 떨어져, 샐러드에 올리려다 흘린 리코타 치즈처럼 거실에 누워 있었다. 외로움을 어필했던 아빠의 해시태그를 떠올리니 산적 같은 아빠의 얼굴도 측은해 보였다. 하지만 지금은 연민에 젖어 있을 시간이 없다.

나는 아빠의 통통한 배를 두드리다가 두툼한 눈시울을 검지와 엄지로 억지로 벌렸다.

"아빠! 불났어요, 불!"

"으응? 뭐라고?"

아빠가 힘겹게 입술을 뗐다. 하지만 몸을 일으키지는 않았다. 진짜 불이 났더라면 고스란히 저승길로 갔을 것이다.

나는 더 세차게 아빠 몸을 흔들었다.

"스탠드 탁상에 놓인 거, 그거 다 버렸어요?"

어딘가에 잘 치워 두었길 바라며 물었다.

"어…. 아빠가 다 청소해 줬지…. 너 헌옷도 전부. 여린아, 공부는… 환경이 깨끗…."

"쓰레기 수거차 언제 와요? 네?"

질문을 하는데 머릿속에 스치는 것이 있었다. 진자룡한테 족집게 과외를 받고 잠들 무렵에 항상 바깥에서 삐, 삐, 삐이익 소리가 났다. 그건 쓰레기 수거차가 후진할 때 차에서 나는 경보음이었다. 그렇다면 새벽 네 시에 쓰레기를 수거한다는 소리다.

우리 집은 둘만 사는 데다 생활 쓰레기가 많지 않아서

10리터짜리 종량제 봉투만 쓰니까, 1, 2동 라인이 함께 쓰는 수거장에서 찾으면 될 것이다. 새벽 네 시까지만 찾으면 된다.

"아빠, 저 잠깐 편의점 갔다 올게요."

"지금… 몇 신데?"

아빠가 눈을 비볐다.

"아빠도 참. 저녁 여덟 시죠. 방금 식사했잖아요."

"어, 그런가. 참, 설거지…."

"갔다 와서 할게요. 위생용품이 딱 떨어져서 지금 다녀와야 해요. 이런 건 엄마가 있으면 매달 챙겨 줄 텐데."

아빠가 입을 꾹 다물었다.

하나, 둘, 셋을 세자 금세 코 고는 소리가 들렸다. 나는 우리 동 뒤편에 있는 수거장을 향해 힘껏 달렸다. 이 새벽에 쓰레기통을 뒤지다가 순찰 중인 경비 아저씨한테 들키기라도 하면 이상한 소문이 날 테니까 '순찰 중' 팻말이 걸려 있는지 미리 확인했다. 다행히 아저씨는 경비실 안에서 드라마를 보는 중이었다. 다인이가 빠져 있다고 한 〈써머 일기〉였다. 나도 대화에 끼려고 정주행을 하다가 진자룡 때문에 못다 본 드라마였다.

수거장에 쌓인 쓰레기봉투는 스무 개쯤 되어 보였다.

"하, 레인 오빠만 아니었어도 내가 이렇게까진 안 하는데."

9월이 시작되었지만 낮에는 에어컨을 틀어야 할 만큼 더위가 남아 있는 탓에 쓰레기에서 풍기는 냄새가 지독했다. 나는 한손으로는 셔츠를 당겨 입을 막고, 한손으로는 근처에서 찾은 자루가 긴 빗자루로 쓰레기봉투를 하나씩 옆으로 밀었다. 10리터짜리 봉투는 모두 네 개였다. 나는 그 봉투들을 빗자루로 툭툭 쳐서 굴린 뒤 앞에 늘어놓았다.

"왁!"

그때 등 뒤에서 갑자기 누가 소리를 질렀다.

"으악!"

내가 더 놀라서 빗자루를 떨어뜨렸다.

나는 고개를 돌려, 소리친 사람을 보았다. 잠옷 바지에 슬리퍼 차림의 아주머니였다. 헝클어진 머리에 입에서는 술 냄새가 풍겼고 양손 가득 쓰레기봉투를 들고 있었다. 얼마나 오래 묵힌 쓰레기인지 수거장에 쌓인 쓰레기를 다 합한 것보다 더 끔찍한 냄새가 났다.

"아유, 놀랐네. 이 시간에 사람 있는 건 첨 보는데."

아주머니는 바람이 애매하게 부는 날의 바람개비처럼 흐느적거리며 양팔을 돌리더니 쓰레기를 수거장 옆 화단에 던져 버렸다. 쓰레기봉투 안에 든 술병 따위가 퍽 하고 깨지는 소리가 났다. 고요한 밤에 듣기에는 너무 큰 소리였다.

가끔 새벽에 들리던 뭔가가 요란하게 깨지는 소리가 이거였구나.

"내가 한때 원반던지기 선수였는데."

아주머니는 힛힛 웃으며 나를 빤히 보다가, 내가 아무 반응을 보이지 않자 칫! 하고 몸을 돌려 휘청거리면서 돌아갔다.

다행히 경비 아저씨는 아무 소리도 못 들은 것 같았다. 하긴 〈써머 일기〉를 보다 엉덩이를 떼기는 쉽지 않을 것이다. 매회 막장 로맨스가 펼쳐지니까. 남자 주인공이 환생한 단종이고 여자 주인공이 환생한 수양대군인데 서로의 전생을 모르고 사랑에 빠졌다. 아까 유리 너머로 봤을 때는 곧 김시습과 사육신들의 환신이 등장할 차례니까 어쩌면 아저씨는 오늘 순찰을 돌지 못할지도 모르겠다.

나는 휴대폰의 플래시를 켜 봉투를 하나하나 찬찬히 살펴보았다.

"이거다!"

내가 씹다 놔둔 흰 뚜껑이 보였다. 구겨진 알림장과 며칠 전에 냈어야 할 수학 학원 숙제 프린트물, 그리고 그 사이에 낀 빨간 봉투의 모서리까지, 우리 집 쓰레기가 분명했다. 쓰레기가 이토록 반가울 수가!

나는 굶은 라쿤처럼 손톱으로 쓰레기봉투를 찢었다. 내 방에 있던 온갖 잡동사니가 쏟아졌다.

"여기 있네!"

빨간 봉투를 보니 꿈속에서 진자룡의 유골함을 만지던 순간처럼 애틋함과 안타까움, 저릿한 마음이 되살아났다. 선선한 바람 한 줄기가 이마를 스쳤다. 아, 이 새벽 감성. 나는 봉투를 가슴에 대고 안도의 숨을 내쉬었다.

진자룡을 처음 만난 날이 생각났다. 8월의 뜨거운 볕에 정수리가 익었던 그날, 내가 이 봉투를 줍지 않았더라면 지금 나는 전혀 다른 사람으로 살고 있을 것이다. 귀신 같은 건 믿지 않았을 테고, 춤과 노래를 연습할 일도 없었을 것이다. 밤을 새우는 열정 같은 건 평생 발휘해 보지 못했을 게 뻔하다.

서늘한 바람 한 줄기가 또 이마를 스쳤다.

"역시 너였구나."

웃음기가 밴 목소리가 들려왔다.

들어 본 것 같은데, 누군지 알 수 없는 목소리였다. 진자룡이 변성기가 왔나? 나는 고개를 갸웃하며 몸을 돌려 소리가 난 쪽을 바라보았다. 먼저 눈에 띈 것은 낯익은 수레였다. 폐지와 고물이 가득 쌓여 있는 그 수레는, 내가 결코 모른 척할 수 없는 것이었다.

시커먼 어둠 속에서 누군가 소름 끼치게 웃으며 모습을 드러냈다. 냄새를 맡는 듯 킁킁댔다. 나는 그게 누군지 알고 있는 내가 너무 싫어서 진저리를 쳤다. 고난과 시련이 1박 2일째 이어지다니 너무하잖아.

"너였어."

먹귀가 낫을 든 채 다가왔다.

나는 한 걸음씩 뒤로 물러서다가 그만 발을 헛디디고 말았다. 쓰레기 더미 위에 털썩 주저앉았다. 비명도 나오지 않았다.

먹귀가 낫을 휘두르며 점점 가까이 왔다.

내가 사라져 버리면 누가 가장 슬퍼할까. 나와 연락이 되지 않는 걸 누가 가장 먼저 눈치 챌까. 아빠는 눈 뜨자마자 또 지방 출장을 갈 거니까 내가 자고 있다고만 생각할 거고, 엄마는 외국에 있고 연락처도 모르는 사이다. 이솜이, 다인이한테 나는 소중하지 않은 사람이다.

이무경.

무경이의 순한 눈이 번쩍 생각났다.

녀석은 내가 사라지면 나를 찾아줄 사람이다. 내가 갈 만한 곳이 어딘지, 무경이는 머릿속에 꿰고 있다. 내가 답을 하지 않아도 매일 톡을 보내는 무경이라면, 그 애라면, 눈물을 흘려 줄 것이다.

그런 사람이 있다는 게 다행이라는 생각이 들었다.

먹귀가 낫을 든 손을 들어올렸다. 코를 킁킁거리며 영혼의 냄새를 맡는 모습을 보니 역겨웠다.

낫의 녹슨 날 너머로 별도 없는 하늘이 보였다. 이렇게 죽는 건가. 죽는 게 이런 건가.

그 순간, 쓰레기 더미 속에 힘없이 놓인 내 손끝에 뭔가 날카로운 게 잡혔다. 술 냄새가 풍겼다. 나는 조심조심 손으로 그 물건을 더듬었다. 그러자 매끄럽고 둥근 입구가 손에 잡혔다. 아까 주정뱅이 아주머니가 던졌던 소주병의 파편이었다. 나는 먹귀의 시선을 돌리려고 다른 손으로 옆에 있던 아무 쓰레기봉투나 잡아서 던졌다. 가위에 눌린 것처럼 몸이 굳어서 그마저도 너무 힘이 많이 들었지만 어쨌든 먹귀의 눈을 돌리는 데는 성공했다.

이때다!

나는 몸을 일으키면서 동시에 깨진 소주병을 던지려고 손을 들었다. 몸이 부들부들 떨렸다. 이걸로 뭘 어떻게 할 수 있을지 확신도 없었다. 하지만 이대로 당하고 싶지는 않았다.

먹귀의 검은 동공이 슬로모션처럼 나에게 향하는 순간이었다.

"하지 마!"

누군가의 등이 내 앞을 막아섰다.

익숙한 실루엣. 빨간 머리 진자룡이었다.

"오오오."

먹귀가 히죽히죽 웃으며 진자룡에게 다가왔다. 입을 크게 벌리자 그 안에 든 더러운 어둠이 소용돌이쳤다.

"진자룡, 위험해."

내가 속삭였다.

"악귀한테 빚을 져선 안 돼. 인간이 악귀를 건드리면 그 대가가 훨씬 커. 먹귀를 해치지 마. 여긴 내가 알아서 할게."

진자룡이 고개를 돌려 나를 보았다. 나는 그 눈에 담긴 진심을 읽었다. 이게 마지막이면 어떡하지. 그런 생각이 들자 눈물이 났다.

"죽지 마…."

나는 울먹거리며 말했다.

그러자 진자룡이 숨을 후, 내쉬더니 뒤로 손을 내밀어 내 손을 잡았다. 촉각은 느껴지지 않았지만 내 손을 꼭 잡아 주고 있다는 걸 알 수 있었다.

"귀신은 두 번 죽지 않아."

진자룡이 말을 끝내기 무섭게 먹귀가 낫을 휘둘렀다. 진자룡은 내 반대편으로 먹귀를 유인하며 약을 올렸다. 분노에 가득 찬 먹귀가 소름 끼치는 괴성을 지르며 달려들었다. 나는 쓰레기 더미에 몸을 숨기고 주먹을 꽉 쥔 채 진자룡을 응원했다.

춤꾼이라 그런지 진자룡은 유연성과 순발력 하나는 세계 최고였다. 낫의 움직임을 읽으며 잽싸게 몸을 피하고 바닥을 굴렀다가 냉큼 일어났다. 먹귀가 몸을 부르르 떨더니 온 힘을 다해 낫을 아주 크게 휘둘렀는데, 날이 그만 바닥에 콱 박혀 버렸다.

"으어어어!"

먹귀가 낫을 뽑으려고 두 손으로 자루를 쥐고 버티는 그때였다.

갑자기 동네 가로등이 모두 꺼지더니, 온 세상이 암흑천지가 되었다. 무시무시한 일이 벌어질 것만 같았다. 나는 내 숨소리가 들릴까 봐 입을 틀어막고 몸을 웅크린 채 눈만 간신히 떴다.

결코 익숙한 어둠이 아니었다. 질량과 부피를 가진 어둠이 따로 있었다. 농도가 짙은 어둠이 뭉쳐지면서 덩어리가 되는 듯하더니 점점 커졌다. 악귀들이 몰려드나봐. 나는 진자룡을 찾아보았지만 빨간 머리 한 올도 보이지 않았다.

진득진득한 어둠 덩어리가 곧 폭발할 것처럼 몸을 거대하게 불렸다. 세상의 모든 소리가 사라진 것 같았다. 귀가 멍해졌다. 진자룡! 진자룡! 어디 있는 거야, 도대체! 위험하다고!

"형들, 수고하셨습니다!"

진자룡을 찾아 뛰쳐나가려는데, 우렁찬 목소리가 들려왔다. 형들이라니, 수고했다니, 이게 다 무슨 말이지? 나는 진자룡의 목소리에 담긴 즐거운 분위기가 의아해서 소리가 나는 곳을 찾아 두리번거렸다. 무슨 일이 일어난 건지 파악이 되지 않았다.

낫이 꽂혀 있던 자리가 다른 곳보다 훨씬 더 짙은 어둠 덩어리에 둘러싸인 게 보였다. 마치 새까만 솜이불로 뭔가를 억지로 덮어 버린 것 같았다. 꿀렁꿀렁 움직이는 어둠 속에서 익숙한 손이 불쑥 나타나 낫을 잡으려고 버둥거렸다. 먹귀의 손이었다. 어둠은 잉크가 번지듯 먹귀의 손까지 올라타, 그걸 마저 꿀꺽 삼켜 버렸다.

"잘 가라, 먹귀. 지옥에서 천 년쯤 썩어야 할걸."

공중으로 올라가는 어둠 덩어리를 향해 진자룡이 흐뭇하게 웃는 소리가 들렸다. 멀리서부터 가로등이 하나둘씩 다시 켜졌다.

잠시 후, 머리카락이 쑥대밭이 된 채로 진자룡이 나에게 다가왔다. 그러더니 불쑥 나를 안았다.

"놀랐지? 이제 괜찮을 거야. 사자 형들이 먹귀가 너무 인간에 가까운 모습을 하고 있어서 혼동이 있었대. 너는 이 밤에 왜 쓰레기장에 있었던 거야?"

"아빠가 네 봉투를 버려서. 그거 없으면 안 되잖아."

"그래서 이걸 다 뒤져 봤다고?"

진자룡이 오오, 하며 나를 보았다.

"이제 먹귀는 안 나타나는 거야?"

진자룡이 고개를 끄덕였다. 녀석에게서 사람의 체온을 느낄 수는 없었지만 나를 위로해 주는 마음만큼은 충분히 따뜻했다.

"하마터면 내 와이프 죽을 뻔했네."

진자룡이 큭큭 웃었다.

"뭐래."

우리는 바람 새는 소리를 내며 터덜터덜 걸었다. 긴장이 풀리자 피곤함이 몰려왔다. 하지만 쓰레기 냄새를 풍기며 집에 들어와 내 방에 늘어놓은 청청 패션을 보자마자, 할 일이 남아 있다는 게 생각났다.

그것도 아주 중요한 일이.

끝도 없이 긴 밤이었다.

로드 캐스팅

"팀장님이 널 보면 캐스팅을 할 수밖에 없을 거야. 어떻게 자기가 찾던 바로 그 캐릭터가 짠하고 등장하나 싶어 기절초풍할지도. 레트로 콘셉트가 워낙 명확해서 다행이지."

진자룡이 눈빛을 빛내며 말했다. 나는 오직 레인 오빠를 보겠다는 일념 하나로 귀를 열어 두었다. 내가 원원에 가서 하고 싶은 건 단 하나뿐이다. 썬더 세븐과 한 건물에서 숨 쉬는 것. 레인 오빠와 대화해 보는 것. 그때 내 심장은 미친 듯이 뛸 거고, 빨간 봉투는 바로 효력을 잃을 것이다. 마이크를 통해서 듣는 소리가 아닌, 레인 오빠의 진짜 목소리는 어떨지 궁금했다. 그걸 듣는 동안 귀가 간지럽고 솜털이 다 일어날지도 모른다. 그런 날이 올까?

강남 S빌딩과 A빌딩 사이, 십 대 전용 고급 쇼핑몰인 '미미몰' 안에서 얼쩡거린 지 30분째다. 진자룡은 토요일 오후 한 시에 미미몰 정문으로 나가라고 했다.

미미몰 뒤편 골목에는 내가 좋아하는 썬더 세븐 오빠들의 기획사, 윈윈이 있다. 팬들은 기획사 앞 커피숍에서 몇 시간이고 기다리곤 한다. 그러다 창밖으로 오빠들의 리무진이 들어오면 우사인 볼트급으로 뛰쳐나간다. 차창이 내려가고 오빠들이 손을 흔들어 주는 그 5초도 안 되는 순간을 위해서.

'드리미'의 삼촌 팬들과 카페의 창가 자리를 두고 신경전을 벌일 때도 많았다. 삼촌 팬들은 '드리미'가 좋아하는 마카롱을 바리바리 싸들고 온종일 기다리다가 드리미가 탄 차가 도착하면 '사랑, 드림, 드리미! 모두, 드림, 드리미!' 하고 우렁차게 구호를 외친다.

그러면 우리는 팔짱을 끼고 코웃음을 치며 놀리다가 오빠들이 도착하면 다 비켜라! 하며 삼촌 무리를 홍해 가르듯 가르고 돌진하는 것이다. "출근이나 하세요!"와 "공부나 하세요!"의 고성 공격이 오간다. 그러다가 윈윈 기획에 사건이라도 터지면 서로 토닥거리며 울어 주기도 하고, 우연히 찍힌 상대방 가수의 희귀 사진을 서로의 오픈 채팅방에 보내 주기도 한다.

그래서 미미몰에 올 때면 늘 가슴이 두근거린다. 썬더세븐 오빠들과 아주 가까이에서 함께 숨을 쉬는 것만 같다. 한동안 오빠들이 해외투어에 집중하느라 기획사로 복귀하는 날이 드물어서 오랜만에 오기는 했지만, 역시 기분이 들뜨는 건 막을 수 없다.

이제 나는, 진짜 레인 오빠를 만날 수 있게 되겠지! '성덕', 즉 성공한 덕후의 아이콘이 될 나, 박여린!

"넌 할 수 있어! 네가 제일 멋있어! 레트로는 너 아니면 안 돼!"

진자룡은 먹귀를 막느라 너덜너덜해진 체력과 헝클어진 머리에 퀭한 눈으로도 끝까지 나에게 힘을 주었다. 청청 패션을 입은 나를 보고 박수를 보내기까지 했다. 이제 거의 다 왔어, 이 기회를 잡아야 해! 진자룡은 마치 자신의 꿈을 내가 이루어 주기라도 할 것처럼 들떠서 눈을 반짝였다.

미미몰 화장실 거울에 비친 내 모습을 보았다. 진자룡이 알려 준 아이템을 모두 활용했다. 완벽한 복고풍 패션. 혼자 과거에서 툭 튀어나온 소녀가 되어 강남 거리를 걸어야 하다니.

하지만 계속 보니 괜찮기도 했다. 모든 애들이 입는 스타일을 따라하지 않아서 개성 있어 보였다. 나한테 이런 생생한 빛깔이 어울리는 줄은 지금까지 몰랐다. 진자룡도 눈이 휘둥그레졌을 정도니까.

내가 미미몰에 온 이유는 오로지 캐스팅 때문이다. 길거리 캐스팅. 매달 첫주 토요일을 노려야 하는데 우리가 선택할 수 있는 건 오늘뿐이다.

'이게 진짜 먹힌다고?'

나는 청자켓 주머니에 손을 넣고 사뿐사뿐 걸었다. 한 걸음씩 걸을 때마다 시간이 뒤로 훽훽 밀려나는 것 같았다. 하지만 진자룡이 말해 준 인상의 아저씨가 없으면 다시 미미몰 안으로 들어가 배회하다가 나왔다. 그러기를 벌써 네 번째.

9월 초의 햇볕이 제법 뜨거웠다. 땀 때문에 목덜미가 촉촉해지고 있었다.

'어? 저 사람인가?'

드디어 상상 속에서만 그려 보던 실루엣의 그 아저씨가 나타났다! 진자룡이 눈여겨보라고 했던 팀장 아저씨였다. 진자룡은 아저씨가 더운 대낮에도 정장을 갖춰 입고 미미몰 앞 벤치에 팔짱을 끼고 앉아 있을 거라고 했다. 얼핏 보면 험악한 얼굴과 떡 벌어진 어깨 때문에 조폭 보스처럼 보이겠지만 놀라지 말라고 덧붙였다.

진자룡 말로는 프리덤, 썬더 세븐과 육하원칙 멤버들의 절반 이상을 발굴해 낸, 기획사를 먹여 살리는 '눈'을 가진 아저씨라고 한다. 길거리 캐스팅을 맡은 베테랑 팀장인데, 우레우레인 우리조차 존재를 눈치 채지 못했을 만큼 비밀리에 움직인다.

"오디션 할 때 말고는 강남 미미몰 앞에서 주로 캐스팅을 해. 기획안 통과된 팀의 멤버들 모집할 때도 종종 가지. 매달 첫주 토요일에 미미몰 앞 가로수 길 벤치에 있어. 팀장님 패턴에는 일관성이 있으니까 믿어도 좋아."

"아직도 길거리 캐스팅을 해?"

"응. 팀장님만의 특기야."

"미미몰 안에서는 캐스팅 안 해? 왜 바깥에서 기다려?"

"여자애들이 주로 가는 쇼핑몰에 가기엔 좀."

"좀 뭐?"

"보면 알아."

과연 그랬다. 우락부락한 아저씨가 괜히 쇼핑몰 안에서 소녀들 주변에 얼쩡거리다가는 보안 요원의 주의를 끌게 뻔했다.

기획사에는 온라인 발굴팀과 현장 발굴팀이 있는데 두 팀의 총괄 책임자가 이 팀장 아저씨라고 했다. 아저씨는 조명이나 각도, 애플리케이션 툴에 따라 편집이 가능한 온라인 사진은 믿지 않았다. 대신 직접 발로 뛰는 옛날 방식의 캐스팅을 좋아했다. 윈윈에서도 아저씨의 그런 직감을 믿었기 때문에 가능한 일이었다.

나는 우레우레에서 아는 얼굴이나 학교 친구 누구도 만나지 않기를 기도하며 미미몰에서 다시 천천히 걸어 나왔다. 평생 화 한 번 내 본 적 없는 사람처럼 순한 눈으로, 보조개가 잘 보이게 뺨에 가끔 힘을 주면서, 최대한 자연스럽게 걸었다.

내가 어렸을 때 아역 모델 제의를 여러 번 받았다고 엄마가 말해 준 적이 있었다. 크고 동그란 눈에 앙증맞은 코와 귀여운 입매를 가진 애였다. 하지만 성질이 까칠해서, 카메라만 대면 악을 쓰며 울거나 물건을 집어 던지는 탓에 오디션을 다 포기했다고 그랬다. 그때 데뷔했으면 레인 오빠보다 내가 선배가 되었을 텐데.

“저기, 학생?”

팀장 아저씨가 스윽 일어났다. 입을 쩍 벌린 채 잠시

그대로 굳어 있더니 헛기침을 몇 번 했다.

긴장해서 손에 땀이 났다. 진자룡이 일러 준 대로, 팀장 아저씨는 미미몰 앞 벤치, 플라타너스가 그늘을 드리운 곳에서 그늘과 한몸인 양 있었다. 짙은 색 선글라스를 끼고 있어서 눈빛이 읽히지 않았다. 하지만 나를 보고 놀랐다는 것만큼은 확실히 알 수 있었다.

"저요?"

나는 짐짓 모르는 척 놀란 표정을 지었다. 괜히 물방울 무늬 머리띠를 만지작거리며 고개를 갸우뚱 기울였다. 속으로는 '어서 와. 내게 명함을 건네란 말이야. 빨리 오디션 날짜를 말해 줘!' 하고 외치고 있었다.

"잠깐 얘기 좀 할 수 있을까요?"

우뚝 멈춰 있는 나에게 아저씨가 성큼성큼 걸어오면서 선글라스를 벗었다. 얼굴에는 흉터가 많은데 눈만큼은 수달 눈처럼 동그랗고 귀여워서 반전이 있었다.

"알고 보면 길냥이들한테 맨날 밥 챙겨 주는 순둥이 아저씨야. 화도 못 내고."

진자룡이 귀띔해 준 말이 떠올라서 나도 모르게 미소를 지었다. 그러자 아저씨가 빙그레 웃으며 말했다.

"나, 이상한 사람 아니고."

네, 알다마다요.

아저씨가 대낮에 캐스팅을 할 수밖에 없는 이유를 잘 알겠다. 아마 많은 사람들이 아저씨가 다가오기도 전에 뒷걸음질 쳤을 것이다.

아저씨는 재빨리 자켓 안쪽 주머니에 손을 넣었다. 두툼한 손으로 뭔가를 찾는데 잘 안 꺼내지는 모양이었다.

아저씨가 주머니에서 겨우 꺼낸 것은 황금빛 명함이었다.

가을 햇빛에 눈부시게 빛나는 명함을 손에 쥐자, 진자룡이 그동안 귀에 딱지가 앉도록 말해 준 것들이 갑자기 확 와닿았다. 꿈을 꾸는 소년, 소녀 들이 모여 있는 그곳. 서로의 열정에 데여 화들짝 놀라게 된다는 원원. 이 명함은 천국으로 가는 티켓일까, 지옥으로 가는 티켓일까.

그건 네 꿈에 달려 있는 거지. 빨간 머리의 환청이 여기까지 들렸다.

"나, 원원 기획사 캐스팅 팀장이에요. 혹시 캐스팅 받아 본 적 있어요?"

이런 질문을 받으면 꼭 그런 적 있다고 대답하라고 진자룡이 일러 주었다. 나는 여러 번 받아 본 적 있다고 대답했다. 그러자 아저씨가 역시, 하는 눈빛으로 나를 보았다. 완전히 거짓말은 아니었다. 비록 촬영에 성공한 적은 없지만 캐스팅 제의만큼은 꽤 받았으니까. 물론 내가 기억도 하지 못하는 어린 시절의 일이다.

"실례지만 혹시 노래나 춤은 좀 해요?"

이 질문 레퍼토리도 답변이 준비되어 있었다. 먹귀와 싸운 뒤에도 우리는 밤새 일대일 면접 과외를 했다. 진자룡이 뽑은 질문 리스트는 스무 개 남짓이었다. 진자룡도 나도 꽤 열심히 전략을 짰다. 우리가 같은 목표를 가진 한패라는 걸 느낄 수 있는 시간이었다. 그 어느 때보다 서로가 든든하게 느껴졌다.

"엄마가 성악 전공이긴 한데, 저는 아직 잘 모르겠어요. 춤은 꾸준히 배우고 있어요. 아이돌 되는 게 꿈이라서요."

새벽마다 과외를 받고 있죠. 그쪽 회사 시크릿 멤버 출신한테요. 물론 매일 잔소리를 듣지만요.

"엄마가 성악 쪽이면 잠재력이 있겠네요. 춤이야 와서 더 배우면 되고."

아저씨는 내가 꽤 마음에 드는 눈치였다.

"우리가 이번에 찾는 아이돌 이미지랑 진짜 비슷해서 그러는데 편하게 오디션 한번 보러 와요. 날짜는…."

아저씨가 예스러운 만년필 같은 걸 꺼내 명함에 날짜를 적어 주었다.

"궁금한 거 있으면 언제든 이 번호로 연락하면 돼요, 학생. 내가 이런 말까지는 잘 안 하는데…."

나는 명함을 손에 꼭 쥐고 다음 말을 기다렸다.

"우리 회사 기획안에서 그대로 튀어나온 아이돌 같네요. 살다 살다 이런 일은 처음이군요. 오디션 꼭 보러 와야 해요. 알았죠?"

"시간을 내 볼게요. 그럼, 안녕히 계세요."

나는 두 손으로 명함을 받아서 가방에 넣었다. 바쁜 일은 전혀 없지만 바쁜 척 자리를 떠났다. 아저씨가 등 뒤에서 "우린 윈윈이라고요! 딴 회사 가지 말고 우리한테 와요!" 하고 소리쳤다.

말로만 듣던 길거리 캐스팅을 내가 받는 날이 오다니. 엄마가 달까지 쌓을 만큼 받았다는 명함을 난 고작 한 장 받았을 뿐인데 자신감이 하늘을 찔렀다. 집에 가서 진자룡을 업고 날아다닐 수도 있을 것 같았다.

"드디어 해냈어, 진자룡!"

명함 한 장이 진자룡의 저승 인생이 담긴 봉투보다 더 무겁고 크게 다가왔다. 레인 오빠의 이름이 적힌 청첩장이라도 되는 것처럼 느껴졌다.

내가 눈만 순한 팀장 아저씨의 눈에 띈 건 이미 예상한 일이었다. 일반적인 길거리 캐스팅은 우연히 이루어지지만, 나와 진자룡은 거의 부부 사기단 수준으로 작당을 했기 때문이다.

모든 것을 계산하고 만반의 준비를 한 보람이 있었다. 진자룡은 밤마다 손톱을 잘근잘근 씹으며 나에게 모든 노하우를 쏟아 부었다. 나도 밤을 새워 진도를 따라잡으려고 애썼다. 패션과 춤, 노래, 이미지 메이킹과 캐스팅 전략까지. 이렇게 완벽한 대비를 해 줄 수 있는 곳은 세상 어디에도 없을 것이다.

나는 지하철역 화장실에 들어가 명함 뒷면을 확인했다. 오디션 날은 닷새 뒤였다. 이제 닷새만 더 밤을 새워 연습하면 된다. 진자룡은 1차 오디션 통과를 자신했다. 노래 몇 소절과 1분 이내의 춤을 준비해 가면 되는데, 윈윈만의 취향이 확고하고 레트로의 기획안이 구체적이기 때문에 자신만 믿으라고 했다. 카메라의 위치와 심사위원들의 자리 배치까지 진자룡은 모든 걸 꿰고 있었다. 나는 이번에도 진자룡을 믿어 보기로 했다.

집으로 가려다가, 다시 역 밖으로 나왔다.

진자룡이 사고를 당했다는 곳까지 여기서 걸어서 10분 안에 갈 수 있었다. 그곳에 가 보고 싶었다.

한밤중에 숙소에서 나온 진자룡은 횡단보도를 건너다 음주운전 중이던 차에 치였다. 빨리 병원에 데려갔으면 살 수도 있었을 텐데, 운전자는 뺑소니를 쳐 버렸다. 비 오는 밤이어서 그랬는지 거리에 사람도 없었다. 녀석은 차가운 빗물을 맞으며 싸늘하게 식어 갔다.

"너무 답답해서 그랬어. 비 오는 거리를 무작정 걷고 싶더라."

그날, 밖으로 나가지만 않았더라면 진자룡은 지금쯤 데뷔에 성공해서 온갖 연예 기사를 장식했을 텐데. 오랫동안 갈고닦은 실력을 보여 주고 많은 팬에게 사랑을 받았을 것이다.

나는 안다. 진자룡의 탁월한 재능과 스타성을. 나처럼 급하게 만들어 낸 능력으로는 따라잡을 수 없는, 차원이 다른 잠재력이 있다는 걸. 진자룡에게 과외를 받는 동안 나는 춤과 노래만 익힌 것이 아니었다. 내 꿈을 대하는 태도에 대해서도 배웠다. 꿈을 가지고 노력한다는 건, 단순히 살아가는 목표가 있거나 재능이 있고 없고의 문제가 아니라, 나 자신을 존중하는 습관이라는 걸 진자룡이 알려 주었다.

가는 길에 국화 한 송이를 샀다.

진자룡이 허망하게 죽은 횡단보도에 다다랐다. 그곳에는 꿈꾸던 소년이 죽었다는 걸 알 수 있는 어떤 흔적도 남아 있지 않았다. 카페 바깥에 설치된 스피커로 흥겨운 음악이 흘러나왔고, 사람들은 저마다 바쁜 걸음으로 웃거나 통화하거나 휴대폰을 보면서 스쳐 갔다.

나는 그들 모두가 진자룡을 알아 주었으면 싶었다.

가끔 내 손에 들린 국화를 물끄러미 보는 눈길도 있었지만, 그 눈길도 이내 무심해졌다.

나는 신호등 아래에 꽃을 내려놓았다.

가슴이 저릿했다.

첫 번째 오디션

진자룡이 침대 귀퉁이에 앉아 썬더 세븐 노래를 구슬픈 판소리 버전으로 불렀다.

귀에서 피가 날 것 같았다.

"알았어, 알았다고. 연습할게, 그만 불러."

나는 결국 5분만 쉬고 다시 일어났다. 오디션을 하루 앞둔 날이었다.

로드 캐스팅 받는 데 성공한 날, 진자룡의 의기양양함은 평소보다 하늘을 찔러 눈 뜨고 봐줄 수 없는 지경이었다. 나는 신호등 아래 두고 온 국화 한 송이에 대해서는 말하지 않았다. 내가 보낸 애도에 대해 진자룡이 몰랐으면 했다.

대신 진자룡의 조언을 하나하나 새겨들었다. 지쳐서

드러누웠다가도, 녀석이 연습하자고 하면 일어났다. 진자룡과 헤어질 날이 시시각각 다가온다는 걸 실감하면서, 노하우를 메모해 가며 배웠다. 몰라보게 변한 내 태도에 진자룡도 신이 나서 나를 더욱 달달 볶았다. 조금만 더, 약간만 더 하면서 마치 내가 곧 데뷔할 아이돌이라도 될 것처럼 굴었다.

"너 좀 달라졌다? 정말 가수가 될 생각이 있는 거야?"

진자룡이 물었다.

"요즘 나도 내가 궁금해지기 시작했거든."

나는 스트레칭을 따라 하면서 대꾸했다. 진자룡은 내 옆에 서서 길쭉한 팔다리를 뻗고 있었다. 손을 쭉 뻗으면 방바닥에 손바닥을 완전히 붙일 수 있었다. 나는 뻣뻣한 허리를 두드리며 슬그머니 몸을 일으켰다.

"좋은 선생을 만나서 그래."

진자룡이 손가락으로 자신을 가리키며 웃었다.

"내가 뭘 할 수 있는지 난 여태 몰랐거든."

나는 지금까지 한 번도 꿈을 꾸는 아이로 대우받아 본 적 없다는 걸 알았다. 내가 뭘 잘할 수 있고 무엇에 관심이 있는지, 나도 가족도 친구도 관심이 없었던 것이다. 사랑을 주는 것도 받는 것도 다 어려운 일이었다. 간절히 바라고 아끼는 것은 모래알처럼 내 손아귀를 빠져나갈 수밖에 없다고 믿었다.

그랬는데, 진자룡을 만나고부터 나도 그 무언가가 되고 싶어졌다.

나도 내가 좋아졌다.

"오늘 영어 학원도 빠진다고?"

무경이가 급식판에 자율배식 반찬인 김치를 옮겨 담으며 물었다. 자기 것을 담고 나서 집게로 내 반찬도 채워 주었다.

"응. 그럴 일이 좀 있어."

나는 무경이 뒤를 따라가며 말했다. 오늘은 오디션 보는 날이라서 학원에 가지 못한다. 하지만 사실대로 말할 수는 없었다.

"무슨 일인데?"

"별일 아냐."

자꾸 물어보는 무경이에게 대충 둘러댔다. 급식실을 가득 채운 수백 명의 애들이 시끌시끌 대화를 나누고 있었다. 소리가 바닥과 천장에 반사되어 내 몸을 진동시키는 것만 같았다. 마음이 붕 떠 있는 탓이다.

“그러다 영어 학원도 잘리려고?”

“잘리면 좋지, 뭐. 공부도 안 하고.”

무경이가 내가 앉을 의자를 먼저 빼 주었다.

급식 테이블 맞은편에서 다인이가 우리를 빤히 쳐다보고 있었다. 이솜이와 다인이는 생일 파티 이후 나를 투명 인간 취급하는 중이었다. 소문이 어떻게 퍼진 건지 다른 몇몇 친구들도 나를 멀리했다. 그 친구들은 무경이를 자기 편으로 끌어들이려고 애를 썼지만 무경이만큼은 끄떡없었다.

“그래도 공부는 해야지.”

“뭐야, 네가 내 엄마냐.”

“그건 아니지만.”

무경이는 밥을 먹는 둥 마는 둥 했다.

“나 어제 수학 학원 테스트해서 반 바뀠어. 다음 주부턴 경시반으로 갈 거야.”

“네가? 1년 내내 바닥 레벨이었는데. 드디어 레벨 테스트를 제대로 쳤구나.”

“응.”

무경이 표정이 어쩐지 쓸쓸해 보였다.

“그럼 이솜이는 어떡하고?”

내 말에 무경이가 눈썹을 올리며 되묻는 표정을 지어 보였다.

“이솜이, 너 때문에 그 학원 간 거잖아. 너랑 이솜이가 매일 같이 공원 지나서 3차 단지까지 간다던데.”

이솜이와 무경이가 사귄다는 소문이 돌았다. 이솜이가 다시 고백했고 무경이가 그걸 받아 주었다고 했다. 무경이는 그냥 사는 단지가 같아서 함께 걷는 것뿐이라고 해명하다가 이제 그마저도 관두었다. 소문은 아무렇게나 번지고 번져서 모두의 귓속으로 들어갔다.

무경이가 따지듯 물었다.

“걔네 무리, 아직 너랑 말 안 하잖아. 근데 넌 왜 이솜이 걱정을 해 줘?”

“말은 안 하지. 사실 나 완전 왕따야. 이참에 자퇴나 할까?”

말만 안 하는 게 아니라 책상에 물을 뿌려 놓거나 교과서 귀퉁이를 찢거나 신발에 슬라임을 넣어 놓기도 했다. 유치한 공격을 참아 줬더니 점점 강도가 세지는 중이었다.

무경이가 가만히 고개를 저었다.

“그나저나 너 요새 나한테 비밀이 많다?”

젓가락으로 밥알을 세고 있던 무경이가 은근슬쩍 말을 돌렸다.

"내가?"

"뭔가 거리감이 들어. 너도 다른 사람 같고."

"내가 좀 퀭해졌지. 눈 그늘이 턱을 지나 목까지 내려왔어. 약간 좀비 같지 않아?"

"아니, 예뻐졌는데."

어금니에서 찝, 하는 소리가 났다.

"으, 나 조개껍데기 씹었나 봐."

바지락 껍데기를 뱉고 나서 마저 밥을 다 먹었다. 무경이 밥은 거의 그대로 남아 있었다. 내 머릿속에는 온통 오늘 저녁에 있을 오디션 생각밖에 없었다.

오디션장에 들어서자마자 몸이 굳었다. 신인 발굴팀이 앉은 탁상 옆에서는 커다란 카메라가 돌아가고, 내 얼굴이 사방의 화면에 나왔다. 내 얼굴이 저렇게 생겼나 싶어 계속 힐끔거렸다. 조명은 눈부시게 환하고, 머릿속은 자꾸 하얘졌다.

매년 열리는 전국 오디션은 아주 거대한 체육관을 빌려서 수천 명이 모여 몇 시간씩 하는데, 이 오디션은 달랐다. 진자룡 말대로 별도의 무대를 만들지 않고 기획사 건물 지하의 댄스 연습실 공간 벽 쪽에 한 사람씩 서서 오디션을 보는 형식이었다.

나는 엉거주춤 인사를 하고 이름을 밝혔다.

어떻게 여기까지 오게 되었는지를 묻는 누군가의 말에 팀장 아저씨를 두 손으로 가리키며, "딴 데 가지 말라고 하셔서요" 하고 말했더니 사람들이 웃었다. 사람들이 편안하게 웃는 모습을 보자 긴장이 조금 풀렸다.

"넌 할 수 있어! 네가 제일 멋있어! 레트로는 너 아니면 안 돼!"

진자룡의 응원이 환청처럼 들려왔다.

"일단 준비해 온 춤부터 볼까요?"

나를 캐스팅했던 아저씨가 음향팀에 신호를 넣으려는 찰나, "잠시만요" 하고 내가 손을 들었다. 뒤편에 있던 생수 뚜껑을 열고 물을 몇 모금 마셨다.

이 많은 사람 앞에서 과연 내가 몸을 움직일 수 있을까. 나는 마른침을 삼켰다. 여기까지 왔는데, 해 보자. 나는 귀신한테 족집게 과외를 받은 몸이잖아. 스승 진자룡의 저승길을 위해, 그리고 내가 이걸 진짜 좋아하는지 알기 위해, 한번 해 보자고.

"준비됐습니다."

신기한 일이 일어났다. 진자룡이 선곡해 주었던 리메이크 음악을 틀자 몸이 자동으로 움직였다. 몸이 박자를 기억하고 있었다. 역시 진자룡의 세뇌 교육이 전봇대를 움직인 거다.

캐스팅된 다른 애들과 신인 발굴팀이 나만 바라보고 있는데 이상하게 힘이 솟았다. 그들의 눈에서 나에 대한 기대가 읽혔다. 지금까지 나는 이런 눈빛을 받아 본 적이 없었다.

이곳에서 나는 괜찮은 사람이 된 것 같았다. 멋지고 에너지가 가득 찬 존재.

진자룡이 알려 준 포인트마다 어깨에 힘을 빼고 툭, 툭 자연스럽게 팔을 뻗었다. 연습을 괜히 하는 게 아니구나. 연습한 만큼 사람이 바뀔 수도 있네. 내가 이걸 해내네. 나는 내 몸이 동작을 저절로 기억해 내는 게 신기해서 기분이 좋아졌다. 긴장해서 굳었던 몸이 풀리고 파란 하늘을 내 마음대로 날아가는 새가 된 것처럼 자유로움이 온몸에 스며들었다.

춤이 끝나자 신인 발굴팀 사람들이 북한 군인들처럼 세차게 박수를 보냈다. 다른 애들은 원원이 준비하는 기획의 내용을 모르니 모두 최신 가요에 맞춰 춤을 추었다. 이런 오래된 노래를 새롭게 해석한 건 나뿐이었다.

진자룡이 무대에서 부르라고 한 레트로풍 노래도 역시 제대로 먹혔다. 조금 떨리기는 했지만 춤보다는 쉬웠다. 목소리가 내 것 같지 않게 멀리까지 퍼져 나가는 느낌이 좋았다. 마치 내 목을 통해 빛이 흘러나오는 것 같았다.

"우리가 찾던 딱 그 느낌인데."

"역시 팀장님 눈은 다르다니까."

"원석 같은 목소리네요."

발굴팀의 칭찬에 팀장 아저씨가 흐뭇한 표정을 지었다.

"우리 박여린 양, 다른 노래도 한 소절 불러 봐요. 즉흥적으로."

자리를 뜨려고 하는 순간, 팀장 아저씨가 나를 세운 뒤 말했다.

머릿속이 다시 하얗게 바랬다. 노래를 하나 더 시킬 줄은 생각도 못했기 때문이다. 이건 진자룡도 예상하지 못한 것이었다. 오디션을 보러 온 애들 중에 준비한 것 외에 노래를 추가로 시킨 대상도 나뿐이었다.

"어…."

입이 바짝바짝 말라가던 그 순간, 갑자기 익숙한 멜로디 하나가 떠올랐다. 엄마한테 질리도록 들었던 그 자장가였다. 바이브레이션이 잔뜩 들어간, 소프라노 톤의 자장가. 소울이 철철 넘치는 요상하게 맑고 아름다운 그 노래.

"잘 자아~라 우리 아가 우어우어우~~ 아앞뜨을과 뒤잇동산에 예이예이예에~."

눈을 감고, 엄마를 생각하며 불렀다.

이상했다. 내 목에서 한 번도 난 적이 없던 소리가 그 순간에 탁 터져 나왔다. 공기가 배 속에서 쑤욱 올라와서 강렬한 바람처럼 튀어 올랐다. 이런 발성법은 진자룡한테 배운 적도 없는데, 배에 힘이 빡 들어가더니 소리가 덩어리가 되어 몸을 훑으며 꿈틀거렸다.

나도 놀랄 만큼 맑은 목소리였다. 내 목소리는 멀리, 멀리 거센 바람처럼 단번에 날아갔다.

눈을 뜨자, 원윈 사람들이 입을 떡 벌리고 있는 게 보였다. 눈들이 반짝이고 있었다.

"자장가 곡을 저렇게 창의적으로 해석하다니!"

"목소리가 메인 보컬 시켜야 될 정도로 탄탄하고 맑네. 소리 내는 방법을 아는데? 너, 성악 공부 했니?"

"…아니요."

"그럼 타고났다는 거네."

모두 박수를 보냈다. 얼떨떨했다.

사람들 앞에서 제대로 노래해 본 적이 한 번도 없는데, 생애 첫 무대에서 칭찬을 받다니 믿을 수 없는 일이었다.

엄마가 왜 무대에 서고 싶어 하는지, 박수 소리를 듣는 순간 깨달았다. 진자룡이 얼마나 큰 꿈을 꾸었고 그것을 잃어버리게 되었는지도.

나는 생각에 잠긴 진자룡을 가만히 봤다. 쌍꺼풀 없이 길고 날카로운 눈매가 내내 웃음을 머금고 있다. 살아 있으면 좋을 텐데.

육하원칙이 데뷔했다면 어쩌면 나도 입덕했을지도 모르겠다.

1차 오디션은 성공적이었다. 2차인 내부 오디션은 일주일 뒤로 잡혔다. 그날은 진자룡이 저승으로 완전히 떠나기 나흘 전이다. 녀석은 내가 부르고 싶은 노래를 연습하라고 했다. 진짜 내가 원하는 게 이 일이 맞는지 알게 될 거라고 덧붙였다.

'내가 돌이 된다면'을 부르겠다고 했더니 진자룡의 얼굴이 환해졌다.

"그거 내 최애 노랜데!"

"뭐? 너도?"

"노래 가사가 내 마음 같았거든. 길고 긴 연습생 시절에 그 노래 들으면서 많이 울었지."

의외로, 우리 부부로서 잘 맞을 거 같은데? 그런 생각을 잠시 했다.

"자룡이 너, 저승 가면 인기 있을 거야."

"정말?"

"팬이 엄청 생길걸. 가서 그룹 하나 만들어. 윈윈 기획사 데뷔조 출신이라고 하면 세계적으로 관심 받을 거야. 거기도 춤 잘 추는 애들 있을 테니까 모아서 데뷔해."

"저승에서?"

"응. 저승에서."

"계약 위반은 아니겠지?"

"네가 저승 세계의 룰은 이곳과 다르다며?"

"그건 그렇지. 그럼, 이름 하나 지어 줄래?"

표정이 환해진 진자룡이 물었다.

"무슨 이름?"

"저승에서 데뷔할 우리 그룹 이름. '육하원칙'의 미련을 날려 버릴 만한 좋은 이름 뭐 없어?"

"육하원칙보다 더 좋은 이름…."

나는 잠깐 생각한 뒤에 대답했다.

"음, '서본결' 어때?"

"그게 무슨 뜻인데?"

"서론, 본론, 결론을 줄여서 부르는 말."

"좋은 거야?"

예전에 논술학원에서 배운 거다. 자기주장 글쓰기를 할 때 '문제 제기는 서론에 쓰고, 주장과 근거는 본론에 쓰고, 요약 및 전망은 결론에 쓴다'라고. 글쓰기 싫어서 몸을 이리저리 비틀다가 원고지를 다 채우지도 못하고 나왔다.

저승에서 그룹 이름이 뭐가 중요하리. 이미 죽은 몸인데. 하지만 꼭 이름을 붙여 주고 싶었다. 그래야 나중에 내가 할머니가 되어 저승에 가도 찾을 수 있을 것 같았다. "거, 70년쯤 전에 히트 쳤던 그룹인데 서본결이라고, 거기 메인 보컬이 내 스승이었지요" 하며 수많은 '진자룡' 중에 진짜 진자룡을 찾아서 재회할 수 있을 것이다.

"자기 생각을 담을 때 쓰는 순서 같은 건데, 너는 거기서 꼭 '본론'을 맡아. 그게 제일 중요하거든."

"본론? 좋았어. 나는 꼭 '본론'이 되겠어. 다시 목표가 생겼다!"

저승에서 하는 데뷔 무대라니. 시커먼 풍등같이 생긴 애들이 우글우글하겠군.

우리의 여름과 가을 사이에서

"가자."

무경이가 내 크로스백의 끈을 잡고 살짝 당기며 말했다. 무경이가 꼬맹이일 때 구석에서 쪼그려 앉아 울고 있으면 내가 그렇게 옷깃이나 손을 잡고 끌어당기곤 했다. 나가자. 나가서 아이스크림 먹자. 응? 하면서. 그 생각을 하자 달콤한 바닐라 아이스크림 냄새가 나는 것 같았다.

내가 머뭇거리자, 이번에는 무경이가 내 손목을 꽉 잡았다. 무경이 손아귀에 힘이 단단히 들어갔다. 손바닥에 맺힌 땀과 뜨거운 마음 같은 것이 전해지면서 손이 화끈거렸다.

나는 무경이와 함께 자리를 떴다. 등 뒤로 싸한 눈빛

이 화살처럼 날아와 꽂혔다.

초가을 더위가 한풀 꺾인 저녁, 거리는 조용하고 바람이 선선하게 불었다.

"이솜이가 너한테 그러는 거, 나 때문일 거야."

무경이가 말했다.

한숨 소리가 깊었다.

– 학교 마치고 공원에서 좀 봐.

이솜

오늘 아침, 책상 위에 쪽지가 있었다. 톡으로 날 차단해 놓아서인지 아니면 톡으로 말을 걸었다가 내가 금세 친한 척을 할까 봐 싫었는지 노트 귀퉁이를 찢어서 대충 휘갈겨 쓴 것이었다.

이솜이와 다인이네 무리의 따돌림이 점점 심해지던 차였다. 수학 학원에서 무경이가 이솜이와 다른 반이 되면서 이솜이의 짜증이 더 노골적으로 변했다. 수업 마치는 시간이 달라져서 집까지 같이 걸어가던 시간마저 사라졌기 때문이다.

나는 문득, 이솜이가 원래 어떤 애였는지 생각났다. 같은 초등학교를 나온 다인이가 지나가는 말로 이야기했던 걸 한참 잊고 있었는데, 공원에 불려갈 처지가 되고 보니 그때 들은 말이 다시 번쩍 떠올랐던 것이다.

"이솜이 재 화나면 뭘로 불리는지 알아?"

"뭔데?"

"쓰나미."

"쓰나미? 그건 지진 나면 생기는 해일이잖아."

"화나면 모든 걸 폐허로 만들거든. 다 망가뜨려. 완전 쓰나미지."

다인이는 이솜이에게 배신자로 찍힌 애들이 어떤 결말을 맞았는지 알려 주었다. 영혼까지 탈탈 털어서 동태처럼 바짝 말려 버린다고 했다.

공원에 가자 이솜이, 다인이, 지혜와 수민이, 규리까지 '오자매'가 다 모여 있었다. 분위기가 싸늘했다.

"하나만 물어보자."

이솜이가 말했다.

내가 고개를 끄덕이자, 다섯 명 모두 일제히 나를 쳐다봤다.

"너, 무경이랑 사귀니?"

"아니."

"진짜 안 사귀어?"

"우린 친구야."

그러자 벤치에 앉아 있던 다인이가 끼어들었다.

"그럼 왜 우리가 무경이한테 그런 소리를 들어야 해? 걔가 왜 그렇게까지 하는데?"

다짜고짜 무슨 소린지 알 수 없었다. 이 애들은 내가 무언가를 알고 있다고 단정 짓고 화를 내고 있지만, 나는 내가 알아야 하는 일이 무엇인지 도무지 갈피를 잡을 수 없었다.

"무슨 말인데?"

"네가 무경이한테 우리 협박하라고 한 거잖아!"

수민이가 말했다.

"너 진짜 뻔뻔한 거 알아?"

다혈질 규리가 소리를 질렀다. 우리 학교 교복을 입은 애들이 공원 근처를 지나다 힐끔거리고는 가던 방향으로 몸을 틀었다.

"협박이라니?"

내가 어리둥절한 표정을 짓자 다들 입을 삐죽이며 하! 하고 비웃기 시작했다. 그 모습을 보고 이번만큼은 나도 할 말을 해야겠다는 생각이 들었다. 미움 받는 일에도 용기가 필요하다는 말이 있다. 나는 이제야 내가 좋아지고 있는데, 다시 지옥으로 가라앉고 싶지 않았다. 상담은 한 번으로 충분했다.

윈윈 기획사 사람들 앞에서 춤추고 노래하던 순간의 나를 떠올렸다. 곧 있을 2차 오디션에서도 당당하게 나를 보여 줄 거다. 나는 어깨를 펴고 똑바로 서서 그 애들과 눈을 마주치며 말했다.

"일단, 내가 지난번에 이솜이 생일 못 챙겨 준 거 그건 사과할게. 이 기회를 빌려서 말해야 할 것 같아. 변명은 하지 않을게. 그날 생일을 잊고 있었고, 고정된 메시지도 확인 못했어. 그건 친구로서 배려가 부족했던 거지. 내가 소홀했던 거 인정해. 미안."

사과할 기회도 주지 않고 채팅방에 나만 남겨 두고 톡도 차단해 버린 이솜이와 다인이를 탓하지는 않기로 했다. 내 직접적인 사과에 이솜이는 약간 당황한 것처럼 보였다.

"그런데 이게 이렇게까지 무시당하고 따돌림받아야 할 일인지는 모르겠거든. 지혜랑 규리, 수민이 너희는 나하고 이솜이 사이의 일에 관계가 있는 것도 아닌데 왜 다른 애들한테 내 뒷담화를 하고 나랑 인사도 안 하는지 모르겠어."

"우리는 친구니까 그렇지."

규리가 쏘아붙였다.

"그래도 너희랑은 상관없는 일이잖아."

내 말이 끝나기가 무섭게 다인이가 벤치에서 일어나 나를 마주보았다.

"그럼 무경이가 우리한테 한 짓은 뭔데?"

"난 걔가 너희한테 뭘 했다는 건지 몰라. 무슨 얘긴지나 알고 싸우자."

"걔가 오늘 점심시간에 우리 다섯 명을 불러 놓고 뭐라고 했는지 알아?"

"뭐라고 했는데?"

"너 한번만 더 괴롭히면 가만두지 않겠대. 학교 폭력으로 신고하고 자기가 본 거 들은 거 다 증언하겠다고 그랬어. 얼마나 화를 내던지."

나는 그런 말을 들을 줄은 예상도 못했던 터라, 그저 멍하니 서 있었다. 할 말이 떠오르지 않았다.

"우리가 무슨 범죄자라도 되는 것처럼 싸잡아서 그러잖아. 어이가 없어서. 걔가 네 변호사라도 돼?"

다인이가 말했다.

무경이의 그 말에 가장 상처받은 건 이솜이일 터였다.

"그거 네가 뒤에서 시킨 거 아냐?"

이솜이는 그렇게 믿고 싶을 것이다. 나는 가만히 고개를 저었다.

"무경이가 그렇게 화내는 거 처음 봤어. 별명이 선비인 앤데."

수민이가 말했다. 무경이가 화내는 모습은 나도 아직 본 적이 없었다. 화를 내는 모습 자체가 머릿속에 그려지지 않았다. 미간을 찌푸리거나 언성을 높이거나 삿대질을 하는 모습도, 무경이와 어울리지 않았다.

"무경이가 정말 그랬다고?"

"그랬다니까!"

"네가 무경이한테 뭐라고 한 말이 있으니까 걔가 그러겠지!"

"배신자 낙인이 아직 덜 찍혔니?"

"넌 이솜이한테 미안하지도 않아? 이솜이가 무경이 좋아하는 거 알면서 그런 모욕을 겪게 하다니!"

모두가 나를 몰아세웠다. 벤치에 앉아 있던 애들까지 벌떡 일어나 다인이 옆에 섰다. 애들의 눈길이 칼날처럼 나에게 와 박혔다.

“내가 좋아하는 거 뻔히 알면서 너 일부러 무경이랑 더 어울려 다니더라? 둘이 쇼핑 다니고, 밥도 같이 먹고! 둘이 톡도 자주 한다는 소문이 있던데? 그것도 밤마다!”

이솜이가 기세등등하게 말했다.

너희가 나랑 같이 밥을 안 먹어서 그런 거잖아. 대화를 나눌 수 있는 친구를 이솜이 네가 다 빼앗아 가서 그런 거잖아. 그리고 무경이와 나는 너희보다 더 오래된 친구 사이잖아. 내가 왜 무경이까지 빼앗겨야 하는데? 그런 게 왜 당연한 건데? 나는 한꺼번에 너무 많은 말이 생각나서 아무 말도 하지 못했다.

“그리고 이건 진짜 안 믿었는데, 네가 하는 짓 보니까 그 말이 거짓말이 아닌 걸 알겠더라.”

이솜이의 말에 나는 무슨 말인지 모르겠다는 표정을 지었다. 내 표정을 보고 이솜이는 더 분노가 치솟는지 악! 하고 괴성을 쏘아 지른 다음 말했다.

“너희 공원에서 스킨십 한 거 모를 줄 알아?”

이솜이 뒤에서 네 명이 나를 죽일 듯이 쏘아보았다. 이솜이의 입을 통해 들으니, 나와 무경이의 깊은 우정이 갑자기 막장 드라마의 소재로 변질된 것만 같았다.

"무경이가 너 업고 공원 여기저기 다녔다며! 너도 아주 좋다고 웃었다던데? 한두 명이 본 줄 알아?"

"그거, 네가 먼저 업어달라고 한 거지?"

다인이가 거들었다.

"뻔하지, 뻔해."

"배신자. 뭐라고 변명이나 해 보지?"

하…. 나는 입을 떡 벌리고 서 있기만 했다. 그건 우리 둘만의 오래된 놀이인데. 무경이의 따뜻한 등과 다정한 웃음소리가 떠올라 눈물이 났다. 무경이가 너무 보고 싶었다.

그 순간, 마주 서 있던 이솜이의 표정이 갑자기 굳었다. 나는 이솜이의 눈길이 닿는 방향으로 고개를 돌렸다. 공원 옆길로 무경이가 성큼성큼 걸어오고 있었다. 이솜이 무리를 뚫어져라 보는 무경이의 눈빛에서 레이저가 나올 것 같았다.

애들이 눈에 띄게 당황하기 시작했다.

"무경이 네가 여긴 어떻게…."

이솜이가 우물쭈물 입을 열었다.

"공원 지나가던 친구가 문자 보냈어. 너 여기서 갈굼당하는 거 같다고."

무경이가 이솜이의 말을 툭 끊고 나를 향해 말했다.

"아니야, 우리가 무슨!"

이솜이가 펄쩍 뛰었다.

"대화하고 있었어, 우린."

다인이도 덧붙였다.

"5대 1로? 내가 분명히 경고하지 않았나?"

무경이가 가라앉은 목소리로 묻자 다섯 명 모두 입을 꾹 다물었다.

"가자."

무경이가 내 크로스백 끈을 당기며 말했다. 내가 머뭇거리자, 손목을 꽉 잡고 끌었다.

"어딜 가? 이렇게 오해도 안 풀고 가 버리면 우린 뭐가 돼?"

이솜이가 두 팔을 벌리고 무경이의 앞을 막았다. 둘 사이로 아주 차갑고 깊은 강이 흘러가는 것 같았다. 나는 그 강에 빠져 천천히 가라앉는 중이었다.

"왜 어제 내가 물어본 것에 답 안 줘?"

이솜이 눈이 이글이글 타올랐다.

"그 답, 지금 줄게."

무경이가 내 손목을 잡은 손을 들어 올렸다. 손아귀에

잡힌 내 손이 허공에 멈춰 있었다.

"뭐, 뭐하는 거야."

나는 무경이가 내 주먹으로 이솜이를 한 대 치기라도 할까 봐 긴장했다. 그 순간에도 고작 그런 상상력만 발휘되었다.

그런데 무경이가 손아귀의 힘을 살짝 풀더니, 그 손으로 내 손을 잡아 버렸다. 등 뒤에서 헉, 하고 애들이 숨을 들이켜는 소리가 들렸다. 봤지? 하듯 무경이가 그 자세 그대로 성큼 걸음을 옮겼다. 이솜이가 충격 받은 표정으로 입을 떡 벌렸다. 무경이와 나는 이솜이를 지나쳐 앞만 보고 걸었다.

우리는 공원을 가로질러 거리로 나갔다. 제법 날씨가 선선했다. 나는 손을 놓고 앞서가는 무경이의 목덜미에 땀이 송골송골 맺힌 걸 보았다. 셔츠도 땀에 젖어 등에 찰싹 붙어 있었다. 바보같이 어디서부터 헐레벌떡 뛰어왔던 거야. 바람도 찬 날씨에 저렇게 땀범벅이 될 정도라니.

"전화했네?"

나는 그제야 휴대폰을 확인했다. 무경이가 건 부재중 전화가 7통에 톡이 30개쯤 되었다.

– 걱정되어서 미치겠으니까 빨리 전화 좀 받지!

– 지금 가고 있어!

– 벌써 한 대 맞은 거야? 괜찮은 거지?

무경이 등에 대고 내가 소리쳤다.

"야, 태권도 띠는 내가 더 높아. 뭘 걱정한 거야. 아주 도배를 했구만!"

"5대 1이잖아."

"땀이나 닦아."

나는 가방에서 티슈를 꺼내 주었다. 무경이는 그 자리에 서서 흠뻑 젖은 이마를 티슈로 닦기 시작했다. 티슈 조각이 부적처럼 이마에 붙은 줄도 모른 채 다시 걸었다. 지나가던 사람들이 무경이를 보고 키득키득 웃었다.

나는 조금 뒤에 떨어져서 걸었다.

영어 학원 강의실에 들어서자 선생님도 애들도 웃음이 터졌다. 하지만 오늘따라 무경이가 풍기는 서슬 퍼런 분위기 같은 게 있어서 아무도 이마를 가리키지는 못했다. 나는 이번에는 의리를 지켜 무경이 옆자리에 나란히 앉아 수업을 들었다.

나를 위해 누군가가 이 가을에도 한여름처럼 땀을 흘

려 준다는 게 고맙고 미안했다. 무경이의 커다란 손바닥에서 전해지던 마음 같은 것을 오래도록 생각했다.

며칠 후, 진자룡이랑 나는 나란히 침대에 누워서 내 사진을 감상했다. 무경이는 옛 사진을 보다가 웃기거나 행복해 보이는 것을 골라서 한번씩 보내 주곤 한다. 지나가다 좋은 풍경이 보여도 항상 잘 나온 것 몇 장씩을 뽑아 코멘트를 달아 보낸다. 그래서 내 사진첩에는 온통 무경이가 보낸 사진들로 가득했다.

"여긴 어디야?"

"삼척이야."

"삼촌?"

"아니, 삼척이라고 하는, 동해에 있는 작고 예쁜 마을이야."

"난 한국 살면서 한 번도 바다에 가 본 적이 없어."

"정말?"

"숙소에만 주로 있었거든. 서울을 벗어나 본 적이 없어."

"아름다운 곳이 많은데."

앞으로도 진자룡은 이런 풍경을 보지 못할 것이다. 그

사실이 안타까워서 사진마다 확대해 진자룡이 충분히 감상할 수 있도록 기다려 주었다. 오늘이 진자룡과 보내는 마지막 밤이기 때문에, 우리는 사이좋게 이 시간을 추억으로 남기기로 했다. 춤도 노래도 없이 보내는 거의 유일한 밤이었다.

막상 진자룡을 영원히 못 보게 될 거라고 생각하니 마음이 허전했다. 선물을 주고 싶었지만 저승으로 가져갈 수 있는 건 아무것도 없었다. 그래서 나는 진자룡이 보지 못하고 경험하지 못한 것을 보여 주고 알려 주었다. 저승에서 가끔 이곳을 떠올릴 때, 나를 잊지 말기를 바라는 마음도 담아서.

"여기 이 노란 지붕 보이지? 여기가 민박집이야."

해마다 무경이 가족과 우리 가족이 함께 가던 민박집이 있었다. 바다를 향해 열린 옥상이 있고, 시멘트를 바른 마당 한구석에 털이 노란데 이름이 백구인 강아지가 살던 곳. 개집이 텅 비자 가끔 동네 고양이들이 놀러 와서 겨울을 나던 곳. 우리는 아주 어렸을 때부터 그 민박집만 갔다.

그러다가 무경이네도 우리 집도 엄마 아빠 사이가 멀어지면서 휴가를 같이 보내지 못했다.

"여기 이 꼬마가 너야?"

"아니, 그건 이무경."

무경이가 보내 준 사진 중에 꼬맹이 시절의 우리가 있었다. 어릴 때 몸이 약하고 키가 작았던 무경이는 머리를 묶어 놓으면 여리여리한 여자애 같았다. 반대로 나는 커서 씨름해라 소리를 들을 만큼 튼튼하고 목소리도 우렁찼다. 사진 속 무경이는 짧은 머리카락을 양쪽으로 묶고 모래에 앉아, 옆에 있는 내가 모래성을 쌓는 걸 바라보고 있었다.

우리 둘 뒤로 바다가 햇빛에 반짝였다.

민박집 대문에서 연례행사처럼 찍었던 사진 속에서 우리는 부쩍부쩍 자라났다. 무경이가 나보다 작았다가 나와 같은 키였다가 어느 순간 뼘을 재야 할 만큼 차이가 났다. 민박집 마당의 노란 백구도 혀를 내밀고 웃는 순둥이 강아지에서 털갈이하는 못난이 개가 되었다가 어느 시점부터는 너무 늙어 버린 채 가만히 엎드려 햇볕만 쬐고 있었다.

"모든 사진에서 무경이라는 애가 널 보고 있어."

"응?"

정말 그랬다. 무경이는 옆에서 뒤에서 나를 바라보고

있었다. 카메라를 보고 찍은 것도 있었지만, 대개 웃는 표정으로 나를 비스듬히 보고 있었다. 환한 얼굴로.

사진들을 다시 보고 있는데, 무경이가 톡을 보냈다.

– 내일 내 생일인 거 알지? 나 이솜이처럼 잊힌 거 아니지? ㅋㅋ

– 알지! 너 생일파티 어디서 할 거야?

– 우리 아파트 3단지 화단에 있는 정자에서 2시에. 너 2시에 시간 된다며.

– 정자에서? 진심이야?

– 어, 거기 좋아. 나 가끔 거기 누워서 책 읽어.

– 와, 진짜 할배가 따로 없다. 생일 선물은 뭐 사 줄까?

– 예쁜 돌이나 하나 주워 줘.

– 뭔 돌?

– 남극에 사는 펭귄들은 서로 돌을 선물한대. 거긴 너무 추우니까, 햇볕을 흡수할 수 있는 게 돌밖에 없어서 따뜻하게 지내라고 돌을 준대. 너무 귀엽지?

– 그건 남극에서 펭귄으로 환생하면 사 줄게. 필요한 거 뭐 없어?

– 있는데 내일 말할게.

– 그럼 내가 어떻게 줘? 미리 얘기해 줘야지.

– 네가 줄 수 있는 거야.

– 뭐, 알았어.

"와, 내가 다 궁금하네."

대화를 훔쳐보던 진자룡이 말했다.

"무소유의 이무경이라, 세속의 선물로는 만족을 못하지. 가끔 이상한 거 선물로 달라고 그래."

시를 지어 달라고 한 적도 있고 자기가 나중에 커서 숲을 살 건데 그 이름을 지어 달라고 한 적도 있다.

보통의 남자애들과는 달라도 한참 다르다.

"뭘 선물하는지 내가 영원히 알 수 없잖아. 궁금해 죽겠네."

진자룡이 아쉽다는 듯 입맛을 쩝 다셨다. 내일 오전 11시부터 진행될 오디션에서 레인 오빠와 스카이가 심사위원으로 참석한다는 건 참가자들한테 공지된 사실이었다. 드리미 멤버 중 한 명과 작곡가 용앤용도 나올 거였다.

내일 오디션이 끝나면, 내가 가슴에 품은 봉투의 사주는 지워질 것이다. 우리는 이제 저승과 이승으로 분리된 세계에서 각자 살아가야 한다. 그리고 내가 그 오디션을 통과할 리는 없으므로, 나는 다시 나를 연구하며 살아야 할 것이다.

긴 여행이었고 긴 모험이었음에도 한편으로는 순식간에 시간이 지나가 버린 것 같았다. 그동안 잃은 것도 많고 얻은 것도 많았다. 그 두 가지를 공평하게 저울에 재는 건 반칙 같았다. 진자룡과 함께하지 않았다면, 여기까지 오지 못했을 것이고 내가 이만큼 마음이 자라지도 못했을 것이다.

"내일 2차 오디션 갈 때 봉투 챙기는 거 잊지 마."

"알았어."

"진짜 네가 원하는 꿈인지도 잘 생각해 보고."

나는 지난 오디션에서 느낀 기쁨과 두근거림, 자신감을 기억했다. 그건 내 꿈 같기도 했고 엄마의 꿈 같기도 했으며 진자룡의 꿈 같기도 했다.

오늘은 유난히 시간이 빨리 흘러가 버렸다. 어느새 진자룡이 떠나야 할 시간이었다.

"오늘은 더 가르쳐 줄 것이 없네. 그저 너를 믿고 도전하면 네 안에 답이 있을 거야. 하산하라, 제자여."

"진자룡."

"왜."

"그동안 고마웠어."

"나도."

진자룡의 눈이 촉촉해졌다.

"난 괜히 네가 봉투를 주워서 이승으로 불려 나온 게 처음엔 힘들었어. 내가 계속 살아갈 수 있는 세상도 아닌데 자꾸 미련만 커지는 것 같아서. 근데 너랑 같이 음악 듣고 춤추고 노래하면서, 그 미련 다 버릴 수 있었어. 나, 여기서 실컷 놀다 간다."

"가끔 그곳에서 국화 향기가 나면, 내가 애도하는 거라 여겨 줘."

진자룡이 한 손을 번쩍 들어 대답을 대신했다.

울음을 꾹 참는 것 같기도 했다.

나는 처음으로 진자룡에게 먼저 다가가, 안아 주는 것처럼 팔을 둘렀다.

"오늘은 좀 덜 차갑네."

내가 웃으며 말했다. 진자룡과 나 사이에서도 여름과 가을이 한꺼번에 지나갔다. 여름의 열기와 열정, 가을의 쓸쓸함이 뒤섞여 우리 사이로 스쳐 갔다.

"간다. 잘 지내."

"안녕."

빨간 머리 진자룡이 손을 흔들었다. 나도 녀석의 모습이 모두 사라질 때까지 손을 흔들어 주었다.

저승에서 나를 오래 기억하고 추억해 주길 바라면서.

빛이 모두 사라지고 어둠 속에 다시 나 혼자 서 있었다. 눈물이 한 줄기, 뺨을 타고 흘렀다.

아주 많은 계절이 내 남은 생에 또 돌아오겠지만, 그 어느 때에도 이번만큼 성장하지는 못할 것 같다.

마지막 두근거림

두 달 전만 해도, 내가 레인 오빠 앞에서 이 노래를 부르게 될 줄 꿈에도 몰랐다.

나는 돌이 되었으면 좋겠어. 아주 작은 돌이 되어서, 누구의 눈에도 띄지 않아서, 눈물도 들키지 않도록 슬픔이 번지지 않도록. 난 가만히 있을 거야, 나를 건드리지 마. 나를 사랑하지 마. 나는 돌이 될 거야. 아주 작은 돌이 되어서, 단단하게 세상을 살 거야.

나는 돌이 되었으면 좋겠어. 아주 작은 돌이 되어서, 너의 마음속에 가라앉아서, 네가 여름 속을 걸을 때, 나도 함께 걷겠지. 눈 내리는 밤에 울 때, 나도 같이 울겠지. 나를 사랑해 줘. 나는 돌이 될 거야. 아주 작은 돌이 되어서, 단단하게 살아갈 거야.

그토록 보고 싶었던 레인 오빠가 눈앞에 있었다. 오직 이 순간을 위해 두 달을 버텨 왔다.

다른 심사위원은 눈에 들어오지 않았다. 레인 오빠는 내 노래를 들으며 고개를 끄덕였다. 화려한 옷에 화려한 얼굴이었다. 저렇게 작은 얼굴 안에 어떻게 눈코입이 다 있을 수 있을까, 궁금할 만큼 이목구비가 뚜렷하고 잘생긴 사람이었다.

그런데 이상하게 조금도 떨리지 않았다. 나는 노래 가사처럼 내가 돌이 되었다고 상상했다. 마음이 차분해졌다. 진자룡을 애도하는 마음으로 자꾸만 돌아가서 그런 건지도 몰랐다. 심장아, 뛰어라. 뛰고 있는 거지? 나는 속으로 외쳤다.

"수고했어요. 정말 빛나는 원석이네요."

팀장 아저씨가 박수를 보냈다.

사실 내 잠재력은 딱 거기까지였다. 진자룡과 나의 공동 목표였던, 레인 오빠를 직접 만나 가슴 뛰는 순간을 겪는 것까지가 끝인 것 같았다. 나보다 절실한 사람들이 더 뛰어난 재능을 펼치며 살아남을 것이 분명했다. 나는 그게 억울하지 않았다. 결과가 어떻게 되든, 받아들일 수 있을 것 같았다. 내가 나를 더 보여 주려면 뼈를 깎는 노력을 진자룡만큼 하면 되는 것이다. 내 마음이 이토록 단단해졌다는 걸 믿을 수 없었다.

윈윈 기획사를 나와 거대한 건물을 한번 올려다보았다. 모든 열정을 쏟아부었던 진자룡이 생각났다. 녀석의 소중한 시간들이 저 안에 녹아 있다. 나는 내가 뛰어넘을 수 없는 뭔가를 저 안에서 생생하게 느꼈다.

그래도 괜찮다. 나는 이제 꿈을 꾸는 게 어떤 건지 알게 되었으니까.

건물에서 멀어진 다음, 역 화장실에서 빨간 봉투의 사주 종이를 꺼내보았다. 이제는 편한 마음으로 버릴 수 있겠지 하는 마음이었다. 하지만!

"뭐야, 이게!"

화장실에서 소리를 질러 버렸다.

진자룡의 사주 숫자는 그대로였다! 단 한 글자도 지워지지 않았다. 나는 발을 동동 굴렀다. 지금까지 한 일이 헛수고가 되다니. 왜? 난 레인 오빠를 좋아하고, 직접 만났고, 분명 봉투를 잘 가지고 있었는데? 내 심장이 뛰지 않았을 리가 없는데. 화려하고 잘생기고 멋진 아이돌 오빠를 만났는데 왜 이게 지워지지 않은 거지?

이건 사랑이 아닌가.

레인 오빠를 볼 때 내가 느낀 건, '멋있다'였다. 아주 높은 곳에 있는, 닿을 수 없는 존재를 볼 때의 마음.

나는 혼란에 빠져 머리를 흔들었다. 하지만 답이 나오지 않았다.

"어, 늦겠어!"

시계를 보니 무경이와 만나기로 한 시간까지 빠듯했다. 나는 지하철에서 내려 공원을 지나 3단지 화단까지 뛰어갔다. 화장이 번지고 청자켓 안에 땀이 고였다. 하지만 멈추지 않고 뛰었다. 물방울무늬 머리띠와 현란한 스카프를 맨 나를 사람들이 돌아보았지만, 아랑곳하지 않았다.

이솜이 일당에게 5대 1로 갈굼을 당하던 공원을 가로질렀다. 무경이가 나를 찾으러 왔던 그 자리를 지나갔다. 무경이와 함께 벤치에 앉아 아이스크림 먹기 내기를 하던 때를 떠올렸다. 많은 일이 어지러울 만큼 한꺼번에 생각났다.

무경이는 나한테 한번도 화를 낸 적이 없지.

무경이는 언제나 내 편이었어.

무경이랑 있을 때 속상했던 적도 없고. 항상 위로만 받았지.

어떻게 그렇게 한결같을 수 있을까. 엄마도 나를 떠나고, 아빠도 나에게 소홀하고, 친구들도 멀어졌는데. 무경이는 어떻게 늘 내 곁에 있었을까.

나는 계속 생각했다.

사진 속에서 나를 바라보던 무경이를. 이솜이 무리를 불러내서 화를 낸 무경이를. 나에게 반찬을 집어 주던 무경이를. 레벨 테스트에서 자꾸 답을 틀리게 써서 나와 성적을 맞춰 주던 무경이를.

갑자기 그 모든 장면이 합쳐졌다.

내가 먹귀에게 먹히기 직전에 생각났던 사람.

그것도 무경이였다.

이럴 수가! 왜 레인 오빠에 대한 마음이 내 마지막 두근거림이 아니라는 걸 알고 나서야 무경이의 마음이 보이는 걸까.

"이, 이걸 진짜로 입고 다닌다고?"

무경이가 정자 계단에 앉아 있다가 일어났다.

"나 안 늦었지?"

나는 숨을 헐떡이느라 허리를 숙였다. 무경이가 등을

두드려 주더니 생수 한 병을 따서 내밀었다.

"늦어도 되는데. 왜 뛰어. 나한테는 좀 늦어도 돼."

내가 고개를 들었다. 무경이가 따뜻한 눈빛으로 나를 보았다. 무경이와 나 사이로 바람이 한줄기 지나갔다. 무경이가 이렇게 생긴 애였나. 옅은 갈색으로 염색한 머리, 한쪽에만 보조개가 들어가는 볼, 장난기와 깊은 속마음이 함께 있는 묘한 눈. 순한 표정. 언제나, 나에게만 순한 표정.

"그런 게 어딨어."

"나한테는 그래도 돼."

무경이가 또 웃었다.

"너 근데, 네가 말하려던 선물이 뭐였어?"

나는 숨을 고르며 말했다.

무경이 우뚝 선 채 갑자기 이마의 땀을 닦았다. 왜 저러나 싶을 만큼 앞머리를 괜히 한번 넘기고는 결심했다는 듯이 팔짱을 끼고 흠, 헛기침을 했다.

"나, 말한다."

"응, 말해. 내가 사 줄 수 있는 거면 꼭 사 줄게."

무경이가 내 눈을 가만히 바라보았다. 그러자 나는 무경이가 곧 무슨 말을 하려는지 바로 알 수 있었다. 그 말은 내 귀보다 눈이 먼저 알았다. 아주 오래전부터, 무경이가 나에게 마음으로 외쳐 왔던 말이었다.

"나 너 좋아한다."

무경이가 고백했다.

"네 대답, 그게 내가 받고 싶은 선물이야. 거절해도 되지만."

무경이는 딴사람이 된 것 같았다. 낯선 남자애 같았다. 나를 아주 잘 알고 내가 아주 잘 알던, 함께 있으면 편하고 말이 잘 통하는, 따뜻하고 다정한 아이이면서도 동시에 훌쩍 혼자 커 버린 남자 같았다.

내가 가만히 있자 무경이가 먼저 손을 내밀었다. 나는 주머니에서 한 손을 빼서 그 손을 잡고 악수를 했다.

그러자 가슴이 미친 듯이 두근거렸다.

무경이와 함께 보낸 여름밤들과 바닷가에서 터지던 폭죽과 모래알의 감촉 같은 것이 한꺼번에 되살아났다.

그때 내가 얼마나 많이 웃고 행복했는지도.

둘 다 등이 새까맣게 타서 엎드려 자고, 물안경 모양으로 흰 자국이 남은 눈가를 손가락으로 가리키며 놀리던 시간들이 영화처럼 스쳐갔다.

이거였나.

사람을 좋아한다는 게, 이런 건가.

나는 어이가 없어서 웃음을 터트렸다.

"난 진지한데, 왜 웃냐."

"아니, 그게 아니라."

으하하. 나는 계속 웃었다. 눈물이 나도록 웃었다.

내가 좋아지고 나서야, 남이 좋아지는 거구나. 누군가를 진짜 마음에 담기 위해서는, 내가 먼저 자라야 하는 거구나.

나는 이제야 좀 나다워진 거였다.

"아, 다행이다."

"응? 뭐가?"

"이무경 너라서 다행이라고."

아아, 하며 나는 주저앉았다.

"너한테 보여 줄 게 있어."

내 말에 무경이가 옆에 앉았다.

"뭔데?"

나는 주머니에서 빨간 봉투를 꺼냈다.

꾸깃꾸깃 접힌 사주 종이를 천천히 펼쳤다. 가을 햇살이 비스듬히 들어와 종이를 비추었다.

"자, 내 마음이야."

무경이가 그 종이를 받아서 빛에 비춰 보고 앞뒤를 뒤집어 보고 가까이 들여다 보았다.

"뭐야, 아무것도 안 적혀 있는데?"

"그게, 내 대답이야."

나는 바닥에 드러누웠다.

시원한 바닥이 온몸으로 나를 밀어 올리는 것 같았다.

"이제부터 아주 긴 이야기를 할 거야."

무경이가 내 옆에 나란히 누웠다.

"들을 준비됐어."

나는 피식 웃으며 목을 가다듬었다.

"내가 말이야, 어느 무더운 여름날에…."

에필로그

꿈속에서 딱 한 번, 진자룡을 보았다. 해골 귀걸이에 여전히 새빨간 머리를 하고서, 어떤 두 남자애와 함께 무대에 올라왔다. 창백한 얼굴에 긴 눈과 오뚝한 코도 그대로였다.

"올해의 데뷔 무대! '서본결'을 소개합니다!"

사회자의 소개에 진자룡이 씨익 웃으면서 "전 본론이에요!" 하고 외쳤다.

음악이 시작되자, 시커먼 풍등같이 생긴 관객들이 흐느적흐느적거리며 무대 가까이에서 춤을 추었다. 관객들은 점점 한 덩어리가 되어 숯덩이처럼 뭉쳐 있다가 검은 연기가 되어 이리저리 움직였다.

무대 위에서 내 스승님 진자룡은 멋지게 빛났다. 내가 기억하는 그 모습 그대로였다.

나는 노인이었다. 주름이 지고 검버섯이 피어오른 얼굴에 온통 흰머리를 한, 그러나 눈빛만은 빛나는 사람이었다. 허리가 좀 굽고 관절을 새로 넣긴 했지만 왠지 이 음악에 맞춰 춤을 출 수 있었다. 내 몸이 모든 박자를 기억했다.

나는 지팡이를 휘두르며 음악에 몸을 맡겼다. 그러다가 무대 위에서 춤을 추던 진자룡과 눈이 마주쳤다.

진자룡이 나를 알아보고 손을 크게 흔들었다. 나도 금니 은니를 반짝이며 활짝 웃으면서 손을 흔들었다. 우리는 함께 음악에 맞춰 춤을 추었다. 밤이 새도록.

작가의 말

열두 살 때, 죽은 벌 한 마리를 발견하고 펑펑 울었던 기억이 납니다. 평소 알고 지내던 벌도 아니었는데, 가벼운 존재 하나가 죽은 것이 마치 제 존재에 큰 구멍을 내기라도 한 것처럼 마음이 아득해졌습니다. 아마 저는 그 순간에, 어른들이 마지막까지 보여 주지 않으려고 덮어 둔 장막을 살짝 들추어 그 안에 든 그늘진 것과 서글픈 것들을 미리 보아 버린 게 아닐까 싶어요. 살아 있음이 멈춘다는 것, 한 존재의 세계가 그저 허망하게 닫힌다는 것, 그게 질서이고 미래라는 것을 말이죠.

가까운 사람들을 떠나보낸 후 오래 방랑하면서 뒤늦게 깨달은 것은, 사랑했던 존재가 떠난다고 해서 그가 머물렀던 시공간이 완전히 닫히는 건 아니라는 거였어요. 애니메이션 '코코'에서도, 아무도 기억하지 않을 때에야 그 존재가 비로소 사라지는 거라는 표현이 나와요. 함께 나눈 말과 습관, 추억 들이 흐릿해지다가 잊히는 순간이 오기 전까지는 우리는 서로에게 연결된 존재인 것이지요.

저는 그런 '연결'에 대해 쓰고 싶었습니다. 서로 다른 세계에 사는 존재가 만나 우정을 나누면서 서로를 성장하게 만드는 이야기를요. 그래서 오래도록 잊히지 않는, 고맙고 그리운 존재의 힘으로, 현실을 사랑하고 자신을 믿으며 살아갈 수 있도록 말이에요. 저는 청소년 여러분의 마음속에도 그런 존재가 있을 거라고 생각해요. 곁에 없지만 상실하지 않은, 함께 눈을 맞고 함께 여름을 보내며 여러분의 마음이 크는 것을 지켜봐 주는 깊은 곳의 대상이요. 어쩌면 우리는 그런 연결의 힘으로, 여태 다정한 마음을 잃지 않은 건지도 모르지요.

오래전 우연히 발견한 죽은 벌을 손바닥 위에 올려두고 그 작은 존재가 머물렀던 세상을 상상하던 머릿속에, 지금 이 글을 쓸 수 있는 씨앗이 이미 들어 있었던 건지도 모르겠어요. 그 벌이 저에게는, 솜털처럼 가볍지만 천근처럼 무거운 물음표였나 봅니다. 여러분의 마음속에도, 이 글이 가볍고도 무거운 벌 한 마리가 되어 날아들기를 바랄게요.

이 지 은